U0928784

元曲三百首 注释

（元）关汉卿等 著
素芹 注释

北京联合出版公司
Beijing United Publishing Co.,Ltd.

目录

前　言

曲是金、元以来的一种新文体，可以配合音乐演唱，一般称为元曲，因它从词演变而来，故又称“词余”。同时它是按一定宫调的典牌填写出来的能唱的曲词，因其可入乐的特点，故当时人们又称其为乐府、北乐府、小乐府、新乐府。它是元代的新诗，也是“词”的续声，成为中国古代文学史上，继唐诗、宋词之后又一影响巨大的文体。故元末明初叶子奇《草木子》云：

传世之盛，汉以文，晋以字，唐以诗，宋以理学；元之可传，独北乐府耳。

近人王国维先生也有云：

凡一代有一代之文学，楚之骚，汉之赋，六代之骈语，唐之诗，宋之词，元之曲，皆所谓一代之文学，而后世莫能继焉者也。

——《宋元戏曲考》

从地域上看，曲分南曲和北曲，而以北曲最为盛行。我们现在所说的元曲，则多指北曲。北曲又分剧曲和散曲。剧曲和散曲是两种不同的文学体裁。剧曲是叙事文学，主要指元杂剧，它是一种成熟的戏剧形式，以代言体裁来搬演故事，由故事情节、曲词、宾白、科介等组成。散曲则属于抒情文学，是我国北方民间新兴起的一种口语味比较浓厚的、可雅俗共赏的、可和乐而唱的新诗体。散曲主要又分小令和套数两种。小令又叫叶儿，是散曲的基本单位，它是一首独立的小曲，有一个单独的曲牌名，如[水仙子][新水令]等。不同的曲牌不仅字数不同，每句的长短不同，而且平仄和押韵也不一样。同时，在曲牌所规定的格式之外，还可以添加额外的字，称为“衬字”，这是散曲和诗、词的最重要区别之一。另外有一种带过曲，即作者为补充词意表达上的不足，用两三个同一宫调的小令联缀在一起以表达一个共同的内容，如[双调·雁儿落]带[德胜令]；[南吕·骂玉郎]带[感皇恩][采茶歌]。带过曲仍属小令的范畴，是小令的变体。套数又叫“套曲”“散套”。它吸收诸宫调的联套方式，把同一宫调的许多曲子联缀在一起。套曲要求有头有尾，每一组有首有尾，因为以套计数，称之曰“一套”“两套”，所以就名为“套数”。套数必须一韵到底。它标调的方法是以宫调和第一支曲子的曲牌作为调名，如马致远的名曲[双调·夜行船]《秋思》由七支曲子联缀而成，而用第一支曲子[夜行船]和宫调名[双调](健捷激袅)列在一起，作为套曲的标名。

由于剧曲属于戏剧体裁，故而从文学角度来说，编写一部与蘅塘退士《唐诗三百首》和上疆村民《宋词三百首》并列的《元曲三百首》之“元曲”则主要指元散曲。

元散曲的艺术特色

一是语言通俗直露。唐诗典雅，宋词绮丽，而元散曲则以通俗易懂、清丽自然独树一帜。散曲是在“俗谣俚曲”的基础上发展起来的，虽经过文人的创作加工，有着“文而不文，俗而不俗”的特点，但仍然保持民歌歌词质朴活泼的特点。姚燧的[凭阑人·寄征衣]“欲寄君衣君不还，不寄君衣君又寒。寄与不寄间，妾身千万难。”用二十四字写思妇的矛盾心理，全是口语白描，十分自然真实。同时，相比于诗词的含蓄蕴藉，多用比兴、象征手法，曲则畅达直露，多用赋体、白描的手法，写情感淋漓酣畅。如无名氏[正宫·塞鸿秋]：“爱他时似爱初生月，喜他时似喜看梅梢月，想他时道几首西江月，盼他时似盼辰钩月。当初意儿别，今日相抛撇，要相逢似水底捞明月。”写一位女子对心上人的爱慕、相逢以及离别的情感，直露洒脱，活泼生动。

二是形式灵活多变。体制上看，和诗词相比，诗词需要既有的规范格式，依制填写，而曲则可以自由添加衬字。同时曲既可以单独成篇，也可以和宫调之曲，联成套曲。音律方面，曲用韵较宽，不用像诗词一样力避重复用韵，可以连续运用相同的韵，用韵也较密，可以句句押韵。另外，曲没有入声，平、上、去三声皆可互协。

元散曲的分期特征

元代散曲创作可分为前、后两期，约以元成宗大德年间为界。前期散曲作家以大都（今北京）为活动中心，为散曲兴盛时期，这一时期的散曲作家有地位显赫的达官贵人，如刘秉忠、杨果、卢挚、姚燧等;又有善写杂剧的杂剧作家，如关汉卿、白朴、马致远等;同时还有擅长歌唱的教坊艺人，如珠帘秀等。前期散曲作家特别是那些兼写杂剧的作家，如关汉卿、白朴、马致远等人，他们继承了民间文学的精神，又多加锤炼开拓，写出了许多脍炙人口的作品，风格浑朴自然，提高了散曲的境界，使散曲真正成为能与诗词分庭抗礼的新体诗。后期散曲作家的活动中心，转移至杭州一带。这一时期的作家多由南方人或移居南方的北方人构成，代表作家有张可久、乔吉、贯云石、徐再思等人。与前期散曲作家相比，他们是专攻散曲或主要精力、主要成就在于散曲创作的作家。和前期散曲创作相比，后期散曲创作题材内容不断拓展，数量大大增加，风格上也从前期的粗犷豪放逐渐走向清雅典丽，讲究格律词藻，出现了诗词化、规范化的倾向，犹以乔吉、张可久为代表。但从总的发展趋势来看，趋于典丽的元散曲，也在这时逐渐失去前期的生命力。

元散曲的文献版本

元人的散曲选本，流传下来的目前所知有四种，即《阳春白雪》《太平乐府》《乐府新声》《乐府群玉》。前两种均为元代散曲家杨朝英所编，故又称“杨氏二选”。“杨氏二选”几乎包括了现存元散曲的大半，其编写又非常严谨，入选的作品均有作者署名，故而非常具有价值。存有别集的元代曲家，见于记载的有张养浩、乔吉、张可久、汤舜民、顾德润、曾瑞卿、汪元亨等人，但大多已散佚，仅有张养浩、乔吉、张可久以及汤舜民四人的别集得以流传。

近人任二北先生和卢前先生，研究散曲功勋卓著。二人合著《散曲丛刊》，收元人散曲杨朝英《阳春白雪》，胡存善《乐府群玉》，马致远《东篱乐府》，乔吉《惺惺道人乐府》，张可久《小山乐府》，贯云石、徐再思《酸甜乐府》共六种，除此之外，还录明人散曲五种、清人散曲六种等。

隋树森先生历时二十余年，编纂、修订成书《全元散曲》，使元散曲有了一个完整的总集。此外孙楷第先生的《元曲家考略》、吕薇芬《全元散曲典故词典》、王文才《元曲纪事》、袁世勋主编《元曲百科词典》等，都为元散曲研究做出了重大的贡献。

《元曲三百首》的编写说明

《元曲三百首》最早有任二北先生 1926 年编纂本，共收录元人小令 305 首。1946 年任二北先生的同门卢前先生，对任编本加以增删，仍命名为“元曲三百首”。此后任、卢二人合编本《元曲三百首》为流传最广的版本。其后又有史良昭先生本（由上海古籍出版社出版），以及解玉峰先生本（由中华书局出版）。这三个版本的《元曲三百首》各有特色，各有侧重。任、卢本择选时注重曲与诗、词的不同，故多选“曲”味浓厚者；史良昭先生本则侧重曲与诗、词同样的审美韵味，故多选文辞典雅者；解玉峰先生本则致力于兼顾“俗”“雅”，力求中和。

和已在民间产生巨大影响的《唐诗三百首》和《宋词三百首》相比，无论哪个版本的《元曲三百首》在民间的流传度均不甚广泛，这一方面和大家对散曲的认识度不够有关，另一方面也和元散曲选本“俗”“雅”分寸很难把握有关。倘若抛开元曲的“俗”“雅”概念，只以对曲子“一见钟情”的心意去选，选出能道出人们心声、能让读者产生共鸣的曲子，这样也许就能消除人们对元散曲的隔阂感，无论是否懂曲、能否读曲，都能在读到曲子的一刹那被深深地吸引住。因为那些文字组合以散曲的形式，写出了人们心中共有的愿望、思念、哀伤。

本书的编写宗旨便是如此。以“一见钟情”的方式，寻找能够打动人心共有情感的散曲，编纂成书。本书选取元人小令（包括带过曲）、散套 290 首，其后又录元人杂剧 11 种，选其剧套 15 种，以求更全面地展现元曲的面貌。本书散曲以隋树森先生《全元散曲》为底本，辅以《阳春白雪》《太平乐府》《乐府新声》《乐府群玉》等元、明选集参校。作家简介和注释赏析参考孙楷第先生《元曲家考略》、吕薇芬《全元散曲典故词典》、王文才《元曲纪事》、袁世勋主编《元曲百科词典》等学者著作。

素芹

2012 年 11 月

元曲三百首

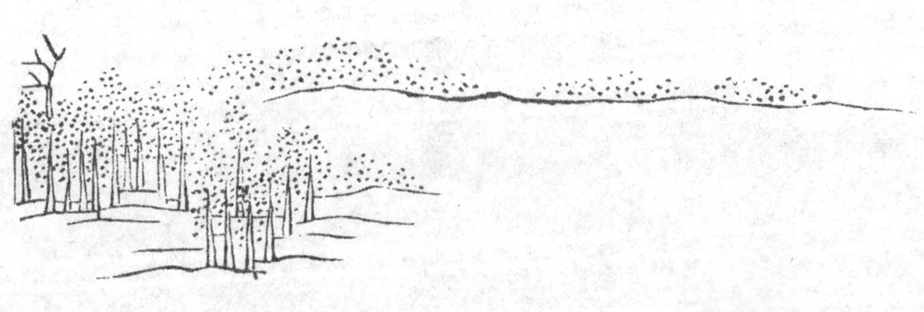

元好问（1190—1257），字裕之，号遗山，秀容（今山西忻州）人。金宣宗兴定五年（1221）进士。曾任尚书省左司员外郎等职。金亡后，隐居不仕。金元之际颇有名望，有“元才子”之称。著有《遗山集》。编有《中州集》《壬辰杂编》等。散曲作品仅存小令九首。

[黄钟]人月圆

卜居外家东园[①]

重冈已隔红尘断，村落更年丰。移居要就：窗中远岫，舍后长松。十年种木，一年种谷，都付儿童。老夫惟有：醒来明月，醉后清风。

玄都观里桃千树[②]，花落水空流。凭君莫问：清泾浊渭，去马来牛。谢公扶病[③]，羊昙挥涕，一醉都休。古今几度：生存华屋，零落山丘。

注释

①卜居：选择住处。外家：母亲的娘家。金亡后，蒙古军攻破元好问故乡忻州，他不得已逃离家园。这首曲写他二十余年后，又携家重归故里，首先面对的就是居于何处的问题，即“卜居”。

②刘禹锡《元和十年自朗州至京，戏赠看花诸君子》：

“紫陌红尘拂面来，无人不道看花回。玄都观里桃千树，尽是刘郎去后栽。”诗作表面写看花人，实则讽刺趋炎附势的当朝权贵。元好问此处借用，亦有对金朝衰亡的反思与感慨。但又不愿说明反思的结果，故而后文有“莫问”句。

③谢公：即东晋政治家谢安，因受会稽王司马道子排挤，出镇广陵，不久患病还都，因本志未遂，怅然叹曰：“吾病殆不起乎！”果病卒。羊昙为当时名士，受谢安器重，谢安死后，他“辍乐弥年，行不由西州门”。后因大醉误入西州门，诵曹植诗曰：“生存花屋处，零落归山丘！”元好问此处用典，借古喻今，愿“一醉都休”，自我麻醉，但终究解脱不得，曲末结尾处，悲从中来。作者乱后还乡，屋宇犹存，亲友凋零，此情此景，句句沉痛。

［双调］骤雨打新荷[①]

绿叶阴浓，遍池亭水阁，偏趁凉多。海榴初绽[②]，朵朵蹙红罗。乳燕雏莺弄语，有高柳鸣蝉相和。骤雨过，琼珠乱撒，打遍新荷。

人生百年有几[③]，念良辰美景，休放虚过。穷通前定[④]，何用苦张罗。命友邀宾玩赏[⑤]，对芳樽浅酌低歌。且酩酊，任他两轮日月，来往如梭。

注释

①元陶宗仪《辍耕录》卷九云："[小圣乐]乃小石调曲，元遗山先生好问所制，而名姬多歌之，俗以为'骤雨打新荷'是也。"此曲调名本为"小圣乐"，或入双调，或入小石调。因为元好问之作"骤雨过，琼珠乱撒，打遍新荷"句脍炙人口，故人们又称此曲为"骤雨打新荷"。元散曲"题目"多为元明曲选编者所加，并不一定出自元曲家本人。

本篇作于元初，作者国破家亡，失意沉痛却无解决之策，所以在下半首抒写自己的苦闷，并希图通过酩酊大醉，获取片刻安宁。

这支曲子颇有词味，因在宋元之交，词和曲均称乐府，皆被诸管弦，传于歌筵，故而早期的词曲分疆并不严密。《莲子居词话》卷二即认此曲作词调，写法与词相近。

②海榴：石榴。因石榴从海外移植而来，故名。

③几：几许，此处指多长时间。

④穷通前定：命运的好坏乃前世注定。穷通，失意与得意。

⑤命友：邀请朋友。

杨果（1195—1269），字正卿，号西庵，祁州蒲阴（今河北安国）人。金哀宗正大元年（1224）进士，为偃师令，以廉干称。入元后，官至参知政事。工文章，善乐府。著有《西庵集》。现存套数五套，小令十一首。

［越调］小桃红①

满城烟水月微茫，人倚兰舟唱②。常记相逢若耶上③，隔三湘④，碧云望断空惆怅。美人笑道，莲花相似，情短藕丝长。

注释

①［小桃红］是越调中常用的曲牌之一。杨果共作十一支［小桃红］，见于《阳春白雪》八支，无题名；见于《太平乐府》三支，题作《采莲女》。这个时期的散曲刚从乐府和两宋词演化而来，因此带有浓厚的民歌和宋词色彩。

②兰舟：兰林木做的舟。后指对船的美称。

③若耶：小溪名。在会稽（今浙江绍兴）若耶山下，相传是西施浣纱之地，又名“浣纱溪”。

④三湘：湖南漓湘、蒸湘、潇湘三水的合称。也泛指湘江流域一带。

[越调]小桃红

采莲人和采莲歌，柳外兰舟过。不管鸳鸯梦惊破，夜如何？有人独上江楼卧。伤心莫唱，南朝旧曲[①]，司马泪痕多[②]。

注释

①南朝旧曲：指陈后主所制《玉树后庭花》，它“以绮丽相高，极于轻荡，男女唱和，其音甚哀”，被后人称为“亡国之音”。杨果是由金入元的文人，此处借南朝旧曲抒发兴亡之感。

②司马泪痕多：化自白居易《琵琶行》：“坐中泣下谁最多，江州司马青衫湿。”白居易被贬江州司马，遇同样不幸的琵琶女，因此抒发沦落天涯之感，此处杨果借用，抒发故国黍离之思。

[越调]小桃红

采莲湖上棹船回[①]，风约湘裙翠[②]。一曲琵琶数行泪，望君归，芙蓉开尽无消息[③]，晚凉多少，红鸳白鹭，何处不双飞。

注释

①棹：浆。这里用作动词，划。

②约：裹。湘裙翠：用湘地丝织品所制成的翠绿色的裙子。

③芙蓉：荷花的别称。又为“夫容”的谐音，双关语。

[越调]小桃红

碧湖湖上柳阴阴，人影澄波浸。常记年时欢花饮[1]。到如今，西风吹断回文锦[2]。羡他一对，鸳鸯飞去，残梦蓼花深。

注释

①欢花饮：在花下的畅饮。

②回文锦：织有回文诗的锦，即璇玑图，暗有相思传书意。

刘秉忠（1216—1274），初名侃，字仲晦，自号藏春散人。先世瑞州人，后移居邢州（今河北邢台）。年十七即为邢台节度府令史，曾去职隐居武安山为僧，法名子聪。后被元世祖召见，留侍左右，改名秉忠，位至太保，参领中书省事，为开国重臣。博学多才，善长诗词书法，著有《藏春散人集》。现存小令十二首。

[南吕]干荷叶[1]

干荷叶，色苍苍[2]，老柄风摇荡[3]。减了清香，越添黄。都因昨夜一场霜，寂寞在秋江上。

又

干荷叶，色无多，不奈风霜锉[4]。贴秋波，倒枝柯[5]。宫娃齐唱采莲歌[6]，梦里繁华过。

又

南高峰，北高峰[7]，惨淡烟霞洞[8]。宋高宗[9]，一场空。吴山依旧酒旗风[10]，两度江南梦[11]。

注释

①[干荷叶]：又名[翠盘秋]，为刘秉忠自度曲。原作共八首，这三首为其中的第一、第四、第五首。

②苍苍：深青色。

③老柄：干枯的叶柄。

④锉：同"挫"，摧残，折磨。

⑤枝柯：枝条。

⑥宫娃：宫女。

⑦南高峰、北高峰：杭州西湖有南北高峰，遥遥相对，称"双峰插云"。

⑧烟霞洞：在南高峰下，为西湖最古的石洞之一。

⑨宋高宗：即赵构。徽宗和钦宗被俘后，他逃至南京（今河南开封）即位，后又于杭州建都，史称南宋。高宗在位期间，对金屈辱称臣，以求和平。

⑩吴山：在西湖东南面，春秋时为吴国的南界，故名，俗称城隍山。宋元时，此处酒肆林立，十分繁华。

⑪两度江南梦：指五代吴越和南宋王朝都建都杭州又都亡国。

元军攻占杭州时刘秉忠已于一年多前去世，并未见南宋亡国。因此，作者这里不过是以一个胜券在握的征服者的宰辅，在南宋即将覆灭的前夕，对其遥作凭吊而已。

但联系前两首的荷叶衰败，作者这里表达的又不仅是悼伤亡国之感，而有更广泛的对生命短促、人事无常的感慨。

杜仁杰（约 1201—1283 后），字仲梁，号止轩，原名之元，字善夫，长清（今属山东）人。金末与友人隐居内乡（今属河南）山中，以诗篇唱和。入元后屡征不仕，颇得元好问赏识。有《善夫先生集》一卷，散曲存世小令一首，套数三套及残曲。

[般涉调]耍孩儿

庄家不识构阑[①]

风调雨顺民安乐，都不似俺庄家快活。桑蚕五谷十分收，官司无甚差科[②]。当村许下还心愿，来到城中买些纸火。正打街头过，见吊个花碌碌纸榜，不似那答儿闹穰穰人多。

[六煞]见一个人撑着椽做的门，高声的叫“请请”，道“迟来的满了无处停坐”。说道“前截儿院本《调风月》，背后幺末敷演《刘耍和》”。高声叫“赶散易得，难得的妆哈”。[③]

[五煞]要了二百钱放过咱，入得门上个木坡。见层层叠叠团圞坐。抬头觑是个钟楼模样，往下觑却是人旋窝。见几个妇女向台儿上坐。又不是迎神赛社，不住的擂鼓筛锣。[④]

[四煞]一个女孩儿转了几遭，不多时引出一伙。中间里一个央人货。裹着枚皂头巾顶门上插一管

笔，满脸石灰更着些黑道儿抹。知他待是如何过？浑身上下，则穿领花布直裰。

[三煞]念了会诗共词，说了会赋与歌。无差错。唇天口地无高下，巧语花言记许多。临绝末，道了低头撮脚，爨罢将幺拨。⑤

[二煞]一个装做张太公，他改做小二哥。行行行说向城中过。见个年少的妇女向帘儿下立，那老子用意铺谋待取做老婆。教小二哥相说合，但要的豆谷米麦，问甚布绢纱罗。

[一煞]教太公往前挪不敢往后挪，抬左脚不敢抬右脚。翻来覆去由他一个。太公心下实焦躁，把一个皮棒槌则一下打做两半个。我则道脑袋天灵破，则道兴词告状，刬地大笑呵呵。⑥

[尾]则被一胞尿爆得我没奈何，刚捱刚忍更待看些儿个，枉被这驴颓笑杀我。

注释

①构阑：即构栏，宋元时城市中演出戏剧及各种伎艺的场所，相当于今日的剧场。

杜仁杰这套[耍孩儿]是元代散曲中的名篇。套曲用通俗的口语记述了一个庄家人初次进城看戏的见闻，真实而生动地再现了元代构阑的演出情况。

套曲共八支曲子，除首尾外，中间六支均写剧场和戏剧演出，是一份难得的有关元代剧场艺术的重要资料。全曲皆用庄家人口语写作，口头语直接运用其中，增添了曲子的民间性、通俗性和轻松感。

②官司无甚差科：官家派下的差役、租税不多。

首曲［耍孩儿］写庄家人看到构阑前的热闹景象。

③［六煞］写庄家人看到构阑把门人招揽观众的情况：先告诉大家演出的两个节目，先演院本《调风月》，后演杂剧《刘耍和》，机会难得，莫要错过机会。

幺末：杂剧。赶散：赶场的散乐。

妆哈：何梦华抄本《太平乐府》作“妆合”。意为捧场、喝彩。亦作“妆喝”，如元杂剧《蓝采和》第三折“快快忙去梳裹，不争我又做场，又索央众父老每妆喝”。

④［五煞］写庄家人交钱入场之后看到的构阑的情景。

团圞luán：方言，相当于“团团”。

⑤［四煞］和［三煞］写正式演出前的一段小演唱。

爨cuàn：宋杂剧、金院本中某些简短表演的名称。

央人货：即殃人货，害人精。因开场的是个装扮奇特的滑稽小丑，庄家人认为他一定是个“央人货”。

⑥［二煞］和［一煞］写弄爨之后的院本演出，内容

是《调风月》。套曲里写了三个角色：张太公、小二哥和年少的妇女。张太公在街市上看到一个年轻的妇女立在帘下，就打主意要娶她，于是央求小二哥说合，结果遭到小二哥的调弄，急得他把皮棒槌打成了两半。庄家人以为真的把天灵盖打破了，心想着要打官司了，谁知台上人反而笑了起来。

王和卿 生卒年不详，约与关汉卿同时而先关而卒。才高名重，性滑稽，居燕京时尝与关汉卿相讥谑。散曲现存小令二十一首，多滑稽佻达，尖新俏皮。

[仙吕]醉中天

咏大蝴蝶[①]

弹破庄周梦[②]，两翅驾东风。三百座名园、一采一个空。谁道风流种，唬杀寻芳的蜜蜂。轻轻飞动，把卖花人搧过桥东[③]。

注释

①这支小令，极致夸张，乃至怪诞不经，谐谑幽默，读来别有一番情趣。然王和卿的这种散曲风格并不是孤立的现象，就现存元代散曲来看，滑稽戏谑一类作品，即“俳谐体格势”的作品几占半数之多，正是“小令务在调笑陶写”，可知这乃是当时的一种风气。在这些“玩世滑稽”之中，实则蕴积着作者的愤懑、牢骚以及不平。

②庄周梦：《庄子·齐物论》：“昔者庄周梦为胡蝶，栩栩然胡蝶也。自喻适志与，不知周也。俄然觉，则蘧蘧然周也。不知周之梦为胡蝶与，胡蝶之梦为周与？周与胡蝶，则必有分矣。此之谓物化。”

意为庄周有次曾在梦中梦到自己幻化为蝴蝶，但醒来时依旧是庄周，弄不清到底是蝴蝶变成了庄周，还是庄周变成了蝴蝶。这体现了庄子对人生和自然的思考。后亦比喻虚幻的事物。此处王和卿所用，意在说明蝴蝶巨大，从庄周的梦中挣脱出来，乘风而起。

③搧 shān：即“扇”。

盍西村 生卒年不详，盱眙（今属江苏）人，《录鬼簿》未载其名，而有盍志学，或为一人。今存小令十七首，套数一套。内容多咏自然景物、四时风光，语言清新。

[越调]小桃红

杂咏[①]

海棠开过到蔷薇，春色无多味。争奈新来越憔悴[②]。教他谁？小环也似知人意。疏帘卷起，重门不闭，要看燕双飞。

注释

①盍西村现存十七首小令中，其中有两组分别以《临川八景》及《杂咏》为题，共十四首。其中以《杂咏》为题的[小桃红]曲八首，此为第四首，为咏春之作。

②争奈：岂料。

[越调]小桃红

江岸水灯[①]

万家灯火闹春桥，十里光相照，舞凤翔鸾势绝妙[②]。可怜宵[③]，波间涌出蓬莱岛。香烟乱飘[④]，笙歌喧闹，飞上玉楼腰⑤。

注释

①此首为“临川八景”之一，咏临川元宵节的水上灯船。

②舞凤翔鸾：指凤形和鸾形的花灯在飞舞盘旋。鸾，传说中凤凰一类的鸟。

③可怜：可爱。

④香烟：焚香所生的烟。

⑤玉楼：华丽的高楼。

商挺（1209—1288），字孟卿，一作梦卿，晚年自号左山老人，曹州济阴（今山东菏泽）人。元初时，任行台幕官，官至枢密副使。工诗善书，犹善隶书，所著诗、曲颇丰，但多散佚。《全元散曲》录其小令十九首，多写闺情。

[双调]潘妃曲[①]

带月披星担惊怕，久立纱窗下。等候他。蓦听得门外地皮儿踏，则道是冤家，原来风动荼蘼架[②]。

注释

①此支小令《阳春白雪》《雍熙乐府》和《梨园乐府》均有收录，这里选用《阳春白雪》版。《雍熙乐府》和《梨园乐府》均未注撰人。《梨园乐府》所载字句与这里所选用的不同："带月披星担惊怕，独立在花阴下。等待他。撒撒地鞋尖将地皮踏，我只道是劣冤家，却元来是风摆动荼蘼架。"

②荼蘼 túmí：一种花白气香的植物。

[双调]潘妃曲

一点青灯人千里。锦字凭谁寄[①]？雁来稀。花落东君也憔悴②。投至望君回③。滴尽多少关山泪④。

注释

①锦字：即锦字书。前秦苏蕙寄给丈夫的织锦回文诗。《晋书·列女传·窦滔妻苏氏》："窦滔妻苏氏，始平人也，名蕙，字若兰。善属文。滔，苻坚时为秦州刺史，被徙流沙，苏氏思之，织锦为回文旋图诗对赠滔。宛转循环以读之，词甚凄惋。"后多用以指妻子给丈夫的表达思念之情的书信。

②东君：司春之神。

③投至：等到，临到。

④关山：关隘山岭，写行人远隔关山。同时化用表达离情的《关山月》乐曲名。

胡祗遹（1227—1293），字绍开，号紫山，磁州武安（今属河北）人。元初名士，累官至江南浙西道提刑按察使。著述较丰，有《紫山先生大全集》，今存二十六卷本。现存小令十一首，多借景抒情，风格清雅。

[中吕]阳春曲[①]

春景

几枝红雪墙头杏[②]，数点青山屋上屏[③]。一春能得几晴明？三月景，宜醉不宜醒。

残花酝酿蜂儿蜜，细雨调和燕子泥[④]。绿窗春睡觉来迟。谁唤起？窗外晓莺啼。

一帘红雨桃花谢[⑤]，十里清阴柳影斜。洛阳花酒一时别。春去也，闲煞旧蜂蝶。

注释

①阳春曲：通称[喜春来]。

②红雪：形容杏花的繁茂状。

③指青山离作者较远，故而用“数点”，又加之在屋后，故远远望去青山就如屋上的屏风。

④意为花虽残，但蜜蜂还能采蜜；虽细雨飘飞，但却可以为春燕和泥。这两句为名句，关汉卿杂剧《诈

妮子调风月》中即用："你又不是残花酝酿蜂儿蜜，细雨调和燕子泥。"

⑤红雨：比喻飘落的桃花。此出自唐李贺《将进酒》："桃花乱落如红雨"。

[双调]沉醉东风

渔得鱼心满愿足，樵得樵眼笑眉舒[①]。一个罢了钓竿，一个收了斤斧。林泉下偶然相遇，是两个不识字渔樵士大夫[②]。他两个笑加加的谈今论古[③]。

注释

①"渔""樵"分别指渔夫和樵夫，都是隐士的写照。

②两个不识字渔樵士大夫：虽然不识字，却有士大夫的恬淡胸襟。

③笑加加：笑哈哈。

王恽（1227—1304），字仲谋，别号秋涧，卫州汲县（今属河南）人。中统、大德年间历官至翰林学士，嘉议大夫。善文章，亦能诗词，有《秋涧先生大全文集》一百卷。今存小令四十一首，存于《秋涧乐府》。

[越调]平湖乐[1]

采菱人语隔秋烟，波静如横练。入手风光莫流转，共留连。画船一笑春风面。江山信美，终非吾土[2]，问何日是归年[3]。

注释

①“平湖乐”又名“小桃红”。此曲是一首感情浓郁的乡思曲，是作者客居他乡秋日江游时写就的。

②化用王粲《登楼赋》：“虽信美而非吾土兮，曾何足以少留！”

③借用杜甫《绝句二首》：“今春看又过，何日是归年？”

卢挚（约1243—1315后），字处道，一字莘老，号疏斋，又号嵩翁。涿州（今河北涿州市）人。至元进士，官至翰林学士承旨。诗文因与刘因、姚燧齐名，世称“刘卢”“姚卢”。有《疏斋集》《疏斋后集》。今存小令一百二十首。贯云石《阳春白雪序》称其曲“媚妩，如仙女寻春，自然笑傲”。

［黄钟］节节高

题洞庭鹿角庙壁①

雨晴云散，满江明月。风微浪息，扁舟一叶。半夜心②，三生梦③，万里别，闷倚篷窗睡些。

注释

①这首小令是元成宗大德年间，卢挚出任湖南岭北道肃政廉访使，赴任途中所作。

鹿角：即鹿角镇，今湖南岳阳南洞庭湖滨。

②半夜心：子夜不眠之时所起的愁心。

③三生梦：谓人的三生如梦。

三生，佛家指前生、今生、来生。

[南吕]金字经

宿邯郸驿[1]

梦中邯郸道[2]，又来走这遭。须不是山人索价高，时自嘲，虚名无处逃。谁惊觉？晓霜侵鬓毛[3]。

注释

①这支曲子为卢挚夜宿邯郸驿舍时所写。

②邯郸道：用“邯郸梦”典故。唐沈既济《枕中记》，写卢生在邯郸道遇吕翁，得授一瓷枕而沉睡，梦中历尽富贵荣华，醒来主人蒸的黄粱尚未熟，卢生因此领悟穷通得失都不过是一场梦的道理。卢挚这里引用，有自嘲自己为功名奔波的意思。

③晓霜：喻白发。

[双调]沉醉东风

秋景

挂绝壁松枯倒倚[1]，落残霞孤鹜齐飞[2]。四围不尽山，一望无穷水。散西风满天秋意。夜静云帆月影低[3]，载我在潇湘画里[4]。

注释

①出自李白《蜀道难》："连峰去天不盈尺，枯松倒挂倚绝壁。"

②出自王勃《滕王阁序》："落霞与孤鹜齐飞，秋水共长天一色。"

③云帆：白云似的船帆。

④潇湘画：指宋人宋迪的《潇湘八景图》，是一组著名的平远山水画。卢挚这里将诗情和画意融为一体。

[双调]殿前欢[①]

酒杯浓，一葫芦春色醉山翁[②]，一葫芦酒压花梢重。随我奚童[③]，葫芦干、兴不穷。谁人共，一带青山送。乘风列子[④]，列子乘风。

注释

①卢挚[双调·殿前欢]共十首，皆表现避世退隐的情怀。[殿前欢]末两句一般对仗或者回文，为本曲特有的标志。

②葫芦：状如葫芦的酒器。春色：酒名。宋代安定郡王以黄柑酿酒，名之曰洞庭春色。山翁：指晋人山简，他镇守襄阳之时，常外出饮酒，酩酊大醉而归。

此处卢挚以山简自比。

③奚童：小仆人。奚，古代对奴隶的一种称呼。

④列子：即列御寇，战国时郑人。《庄子·逍遥游》称其能“御风而行”。此处作者用列子典，言自己如列子般怡然自得。

[双调]蟾宫曲

扬州汪右丞席上即事①

江城歌吹风流②，雨过平山③，月满西楼。几许华年，三生醉梦，六月凉秋。按锦瑟佳人劝酒④，卷朱帘齐按凉州。客去还留，云树萧萧，河汉悠悠⑤。

注释

①此曲为卢挚由湖南肃政廉访使北归逗留扬州期间所作，表现了作者与友人相聚时的惊喜，同时亦有对韶华飞逝、离别将至的感慨。

②江城：即扬州。歌吹：歌舞。风流：美妙。

③平山：指平山堂，在扬州西北蜀冈中峰大明寺西。北宋欧阳修为郡守时建，以其南望江南远山正与堂栏杆相平而得名。

④按锦瑟：和着锦瑟的节拍。锦瑟，一种五十弦乐器，瑟上花纹如锦。

⑤这两句含蓄表达了眷恋难舍之情。

云树：高耸入云的树。河汉：银河。

[双调]沉醉东风

重九[①]

题红叶清流御沟[②]，赏黄花人醉歌楼。天长雁影稀，月落山容瘦，冷清清暮秋时候。衰柳寒蝉一片愁，谁肯教白衣送酒[③]？

注释

①重九：即农历九月初九重阳节。其时正值暮秋，天高气爽，又带有萧飒的气象。古人值此时，常生悲凉之感。

②题红叶清流御沟：唐代有一宫女在红叶上题诗，经御沟流出宫外，为一士子所得。后宫中遣放宫人，题诗的宫女得嫁一人，正是拾得红叶诗的士子。

③谁肯教白衣送酒：典出南朝宋檀道鸾《续晋阳秋》："陶潜九月九日无酒，于宅边菊丛中摘盈把，坐其侧久，望见白衣至，乃王弘送酒也，即便就酌，醉而后归。"白衣，指官府给役之人。卢挚活用此典，意为希望有人一起共饮。

[双调]寿阳曲

别朱帘秀[①]

才欢悦，早间别[②]，痛煞煞好难割舍[③]。画船儿载将春去也，空留下半江明月[④]。

注释

①朱帘秀是元代著名的杂剧女演员，《青楼集》中说她“杂剧为当今独唱独步”。当时的文人如关汉卿、胡祗遹、卢挚、冯子振和王恽等人都与她有交往，并均有赠作。胡祗遹还曾为她的诗集作序。卢挚除此首外，还有[蟾宫曲·醉赠乐府朱帘秀]。据卢挚此曲推测，他二人似乎有一段情缘，但最终含恨而别。“痛煞煞好难割舍”一句便透出了此中消息。朱帘秀亦作有一曲作答。

②早：就，已经。间别：离别。

③痛煞煞：十分痛苦的样子。

口语运用是这支曲子的最大特点，感情至深，脱口而出；越去粉饰，越多自然，越具真意。

④化用宋人俞国宝[风入松]：“画船载取春归去，余情付、湖水湖烟。”

[双调]蟾宫曲

沙三伴哥来嗏[①]！两腿青泥，只为捞虾。太公庄上，杨柳阴中，磕破西瓜。小二哥昔涎剌塔[②]，碌轴上淹着个琵琶[③]。看荞麦开花，绿豆生芽。无是无非，快活煞庄家。

注释

①沙三伴哥来嗏 chā：沙三、伴哥是元曲中经常用来称呼农村少年的名字。嗏，语尾助词，类似“者”的用法。

②昔涎剌塔：形容垂涎的样子，指小二哥吃不到西瓜而口水直流。剌塔，肮脏意。

也有人将“昔涎剌塔”解释为水淋淋的样子，即说小二哥也是和沙三、伴哥一起捕虾归来的。

③碌轴：即碌碡，是农家用来滚压土地、碾脱谷粒的大石滚。琵琶：指前文小二哥。农村孩子，往往身材较瘦，肚子凸出来，形如琵琶。

赵岩 字鲁瞻，长沙人，居溧阳（今属江苏）。宋丞相赵葵后裔。传说才思敏捷，酒后可顷刻赋诗百篇，为时人称颂。但终生郁郁不得志，每日饮酒大醉，直至病卒。《全元散曲》录其小令一首。

[中吕]喜春来过普天乐

琉璃殿暖香浮细，翡翠帘深卷燕迟，夕阳芳草小亭西。间纳履，见十二个粉蝶儿飞[①]。一个恋花心，一个搀春意[②]。一个翩翻粉翅，一个乱点罗衣。一个掠草飞，一个穿帘戏。一个赶过杨花西园里睡，一个与游人步步相随。一个拍散晚烟，一个贪欢嫩蕊，那一个与祝英台梦里为期[③]。

注释

①间：偶尔。纳履：穿鞋。写作者偶尔弯腰穿鞋，便见十二粉蝶翻飞的景象。

②一个：文中共十一处“一个”，都是曲中衬字，增添了曲子活泼的韵味和轻快的节奏感。搀：抢夺。这里是虚写，指蝴蝶居然有意抢夺大好春光。

③祝英台：即“梁祝化蝶”的典故。相传东晋时期，书生梁山伯辞家求学，途中遇女扮男装的祝英台。二人一见如故，结拜为兄弟，一起在书院读书。

期间祝英台对梁山伯芳心暗许，但梁山伯毫不知情。后祝英台归家，梁山伯在师母点醒下，去祝家求婚。但祝英台已许婚给官宦马家。梁山伯气极而亡，祝英台闻讯奔至梁山伯坟前，过度悲伤而死。二人遂合葬，坟前有双蝶飞，时人认为是梁、祝二人幻化而成。

陈草庵（1245—1320），字彦卿，号草庵，大都（今北京）人。生平事迹不详细。今存其小令二十六首。

[中吕]山坡羊

晨鸡初叫，昏鸦争噪，那个不去红尘闹[1]。路遥遥，水迢迢，功名尽在长安道[2]。今日少年明日老。山，依旧好；人，憔悴了。

注释

①红尘：佛家指人间。这里既指路途之上仆仆风尘，亦指名利场中的乌烟瘴气。

②长安：今陕西西安，为汉唐都城，这里泛指京都。

[中吕]山坡羊

江山如画，茅檐低厦，妇蚕缫婢织红奴耕稼。务桑麻，捕鱼虾，渔樵见了无别话。三国鼎分牛继马[1]。兴，休羡他；亡，休羡他。

注释

①三国鼎分：指东汉王朝覆亡后出现的魏、蜀、吴三国分立的局面。

牛继马：据《晋书·元帝纪》，司马氏建立的西晋王朝覆灭后，在南方建立东晋王朝的元帝，是其母私通牛姓小吏所生。

关汉卿 号已斋叟。约生于金末，卒于元成宗大德年间。一生主要在大都进行戏曲创作，后南下漫游，晚年到过杭州。关汉卿多才多艺，是位集编剧、导演、表演之才于一身的全能戏剧家，元杂剧的奠基人，一生作杂剧六十余种，现存十六种，如《窦娥冤》《单刀会》等，都是脍炙人口的杂剧。现存小令五十八首，套数十一。王国维《宋元戏曲考》赞曰："关汉卿一空倚傍，自铸伟词，而其言曲尽人情，字字本色，故当为元人第一。"

［南吕］四块玉

别情[①]

自送别，心难舍，一点相思几时绝。凭阑袖拂杨花雪[②]。溪又斜，山又遮，人去也。

注释

①此曲用代言体，以女子的口吻，写男女离别相思。

②杨花雪：像雪一样的杨花。

[南吕]四块玉

闲适[1]

南亩耕[2]，东山卧[3]，世态人情经历多。闲将往事思量过。贤的是他，愚的是我，争什么！

注释

①本篇是关汉卿《闲适》这组小令的第四首，倾诉自己为何愿意过闲适的隐居生活的苦衷。他向往闲适、隐逸的生活，视名利场为“官囚”“利牢”。

②南亩耕：用陶渊明典故。陶渊明不愿意为五斗米折腰，弃官归隐，有《归田园居》：“开荒南野际，守拙归田园。”

③东山卧：用谢安典故。东晋名士谢安曾在东山（今浙江上虞）隐居，屡召不仕，高卧不起。

[双调]沉醉东风[1]

咫尺的天南地北，霎时间月缺花飞。手执着饯行杯，眼阁着别离泪[2]。刚道得声“保重将息”，痛煞煞教人舍不得。“好去者望前程万里！”

注释

①这首小令写男女话别饯行之际的两情依依。

梁乙真《元明散曲小史》称赞这首小令写离别情之佳，使柳永[雨霖铃]“不能专美于前”。

②阁：同“搁”。全句写眼眶中勉强噙住泪珠儿的情景。

[双调]大德歌

秋[①]

风飘飘，雨潇潇，便做陈抟睡不着[②]。懊恼伤怀抱，扑簌簌泪点抛[③]。秋蝉儿噪罢寒蛩儿叫[④]，淅零零细雨打芭蕉[⑤]。

注释

①关汉卿尝以[双调·大德歌]咏春、夏、秋、冬四季，均以男女情事为题。这首为咏秋篇，写少妇因“人未归”而引发的烦恼。

②便做：即使。陈抟：指唐五代时在华山修道的陈抟，传说他能一睡百天不醒。这里借陈抟典故，写少妇的哀思煎熬之深，即使是做了陈抟也无法安睡。

③扑簌簌：流泪的样子。

④蛩：蟋蟀，又名促织。

⑤淅零零：形容雨声。

[双调]碧玉箫

膝上琴横，哀愁动离情；指下风生[1]，潇洒弄清声。锁窗前月色明[2]，雕阑外夜气清。指法轻，助起骚人兴。听，正漏断人初静[3]。

注释

①风生：即生风，这里形容抚琴指法之快。

②锁窗：即琐窗。

③漏断：指夜已深。

漏，即漏壶，是古代滴水计时的一种仪器。

白朴（1226—1306后），字仁甫、太素，号兰谷。祖籍陕州（今山西河曲），入元后徙家建康（今南京）。父白华，为金枢密院判官，与元好问交好。金亡时，白朴年幼，又与母失散，幸得元好问救助。入元后，不愿出仕，放浪形骸，以诗酒自娱。有词集《天籁集》传世。作杂剧十六种，今存《墙头马上》《梧桐雨》《东墙记》三种。散曲有杨友敬辑《天籁集摭遗》，现存套数四套，小令三十七首。

［仙吕］寄生草

饮[①]

长醉后方何碍[②]，不醒时有甚思。糟腌两个功名字[③]，醅渰千古兴亡事[④]，曲埋万丈虹霓志[⑤]。不达时皆笑屈原非[⑥]，但知音尽说陶潜是[⑦]。

注释

①这首小令被郑振铎称为“强为旷达”之作。(《中国俗文学史》) 它以“饮”为题，在多方歌颂酒乡的背后，寓藏对现实的全面否定。作者幼年便为亡国之民，背有国恨家仇，但又不能投身于抗元斗争之中，自觉已无资格关心兴亡大事。纵有大志，也难以实现，因此只能在酒乡中排解一切。

故而，虽曲中句句写酒，而意不在酒。

②方何碍：却有什么妨碍，即无碍。方，却。

③糟腌：用酒糟腌渍。

④醅渰：用浊酒淹没。渰，通“淹”。

⑤曲埋：用酒麯埋掉。曲，通麯。

⑥不达时皆笑屈原非：不识时务的人都笑屈原不应投江。屈原，战国时楚国大夫，后遭受谗言，投汨罗江而死。白朴这里用的是反语。

⑦但知音尽说陶潜是：知己的人都说陶渊明归隐田园是正确的。陶潜，即陶渊明。东晋著名诗人，曾任彭泽县令,因不愿“为五斗米折腰”而辞官归隐。

[双调]沉醉东风

渔夫[1]

黄芦岸白蘋渡口，绿杨堤红蓼滩头。虽无刎颈交[2]，却有忘机友[3]。点秋江白鹭沙鸥。傲杀人间万户侯，不识字烟波钓叟[4]。

注释

①这首小令题为“渔夫”，可“傲杀人间万户侯”。但现实中的元代社会，渔夫并不能如曲中所写的那样闲适。因此，曲中的“渔夫”是理想化了的，

白朴将自己的理想投射到渔夫身上，希望找到一片避世的净土。

②刎颈交：同生死共患难的朋友。

③忘机友：毫无狡诈之心的朋友。

④烟波钓叟：又称“烟波钓徒”。唐代诗人张志和曾以此为号。

［双调］庆东原

忘忧草[①]，含笑花[②]，劝君闻早冠宜挂[③]。那里也能言陆贾[④]？那里也良谋子牙[⑤]？那里也豪气张华[⑥]？千古是非心，一夕渔樵话[⑦]。

注释

①忘忧草：即萱草，又名紫萱，可食，食后如酒醉，故有忘忧之名。

②含笑花：木本植物，花如兰，“开时常不满，若含笑焉”。

③闻早：趁早。冠宜挂：即宜辞官。本于《后汉书·逢萌传》逢萌解冠挂东城的故事。

④陆贾：汉代陆贾，汉高祖谋臣，颇有辩才。

⑤子牙：即姜子牙，曾辅佐周文王，武王时又为谋士，帮助周武王伐纣灭殷。

⑥张华：字茂先，西晋文学家。曾劝谏晋武帝伐吴，虽为文人而有武略，故称豪气张华。

⑦渔樵话：渔夫樵客们的闲话。

［中吕］阳春曲

知几[1]

知荣知辱牢缄口[2]，谁是谁非暗点头。诗书丛里且淹留[3]。闲袖手，贫煞也风流[4]。

注释

①知几：先见之明，知变之几征。

这首曲子表现了白朴的生活态度和处世观念。

②牢缄口：紧紧地闭上嘴。

③淹留：停留。

④贫煞：非常贫困。

［越调］天净沙

春[1]

春山暖日和风，阑干楼阁帘栊，杨柳秋千院中。啼莺舞燕，小桥流水飞红[2]。

注释

①白朴今存散曲作品中，有［越调·天净沙］小令八首，分别以“春”“夏”“秋”“冬”为题，共计二组。

②飞红：落花。

奥敦周卿 字周卿，号竹庵。女真族人，奥敦是女真姓氏。元初人，或与白朴同时。《全元散曲》存其小令二首。

[双调]蟾宫曲

西湖

西山雨退云收。缥缈楼台，隐隐汀洲。湖水湖烟，画船款棹[①]，妙舞轻讴[②]。野猿搊丹青画手[③]，沙鸥看皓齿明眸。阆苑神州[④]，谢安曾游[⑤]。更比东山，倒大风流。

注释

①款：缓，慢。

②讴：歌唱。

③搊：捉，握持。

④阆 làng 苑：也称阆风苑、阆风之苑，传说中在昆仑山之巅，是西王母居住的地方。常用来泛指神仙居住的地方，有时也代指帝王宫苑。

⑤谢安：东晋名士，曾任宰相。

[双调]蟾宫曲

西湖

西湖烟水茫茫。百顷风潭，十里荷香。宜雨宜晴，宜西施淡抹浓妆①。尾尾相衔画舫，尽欢声无日不笙簧②。春暖花香，岁稔时康③。真乃“上有天堂，下有苏杭”。

注释

①宜西施淡抹浓妆：化用苏轼《饮湖上初晴后雨二首》，其中有“若把西湖比西子，淡妆浓抹总相宜”句以赞美西湖。

②笙簧：泛指乐器。笙，管乐器，常见的有大小数种，用若干根装有簧的竹管和一根吹气管装在一个锅形的座子上制成。簧，乐器里用铜或其他质料制成的发声薄片。

③岁稔：每一年的庄稼成熟。稔，庄稼成熟。

姚燧（1238—1313），字端甫，号牧庵，先世为营州柳城（今辽宁朝阳）人，后迁居洛阳。累官至太子少傅、翰林学士承旨知制诰，兼修国史。为元时名儒，文章宗师。工散曲，与卢挚并称“姚卢”。原集已散佚，清人辑有《牧庵集》。

［越调］凭阑人

寄征衣①

欲寄君衣君不还，不寄君衣君又寒。寄与不寄间，妾身千万难。

注释

①我国古代战争频繁，徭役苛重。在战乱、苛政之下，许多征夫游子流离异乡。在这种现实之下，诗词中就产生了不少民间的或文人拟作的怨女、思妇的作品。姚燧这首散曲，在继承了前人作品中思妇怨女怀念征夫游子题材的前提下，通过巧妙的构思，曲折表现她们的真挚感情。

[中吕]阳春曲[①]

笔头风月时时过[②]，眼底儿曹渐渐多[③]。有人问我事如何，人海阔[④]，无日不风波[⑤]。

注释

①姚燧[中吕·阳春曲]共四首，此为其中之一。曲中对人生、人事都有许多慨叹。

②风月：指美好的景色、时光。

③儿曹：儿孙辈。

④人海：人世间。

⑤风波：比喻人世的纠纷和仕途的艰辛。

[中吕]普天乐[①]

浙江秋[②]，吴山夜[③]。愁随潮去，恨与山叠。塞雁来，芙蓉谢。冷雨青灯读书舍[④]，怕离别又早离别。今宵醉也，明朝去也，宁奈些些[⑤]。

注释

①这首小令是离别饯行之作。周德清《中原音韵·正语作词起例》，题为"别友"，可见当时就已脍炙人口。

②浙江：钱塘江。秋天多潮，以壮观著称。

③吴山：又名胥山，俗称城隍山。在今杭州西湖东南。

④青灯：即油灯。因发光微青，故名。多用来借指孤寂清冷的生活。

⑤宁奈：忍耐。些些：即一些儿。

“宁奈”和“些些”皆为元人口语。

刘敏中（1243—1318），字端甫，济南章丘（今属山东）人。至元后，任监察御史、陕西行台治书侍御史、集贤学士、河南行省参知政事、淮西肃政廉访使、山东宣慰使、翰林学士承旨等职。期间有两次辞官归家。能诗、词、文，著有《中庵集》。

［正宫］黑漆弩

村居遣兴[①]

长巾阔领深村住[②]，不识我唤作伧父[③]。掩白沙翠竹柴门[④]，听彻秋来夜雨。闲将得失思量，往事水流东去。便宜教画却凌烟[⑤]，甚是功名了处？

注释

①隋树森先生《全元散曲》中，仅录刘敏中小令两首，均题为《村居遣兴》，此为其中之一。应是刘敏中辞官归家所作。

②长巾阔领：指古代隐士简朴的衣着。巾为古代平民戴的便帽。阔领，指阔领的上衣。

③伧父：晋南北朝时，南人讥北人粗鄙，蔑称为“伧父”。后用以泛指粗俗、鄙贱之人，犹言村夫。

④掩白沙翠竹柴门：意为关起柴门，不再看白沙清江、翠绿疏竹。

⑤便宜教：即便。凌烟：凌烟阁的简称。唐朝为表彰功臣而建筑的绘有功臣画像的楼阁。

此句意为，即便将画像列入凌烟阁的功臣榜上。

庾天锡 生卒年不详。字吉甫，一名天福，大都（今北京）人。曾任中书省掾，除员外郎、中山府判。作杂剧十五种，今皆不存。贯云石在《阳春白雪序》中将其与关汉卿并论，评曰："造语妖娇，却如小女临怀，使人不忍对殢。"今存小令七首，套曲四套。

[双调]雁儿落过得胜令[①]

从他绿鬓斑，欹枕白石烂。回头红日晚，满目青山矸[②]。翠立数峰寒，碧锁暮云间。媚景春前赏，晴岚雨后看。开颜，玉盏金波满。狼山[③]，人生相会难。

注释

①雁儿落过得胜令：前四句是[雁儿落]，后八句是[得胜令]。

②这四句写出作者隐逸之悠久和志趣之高洁。

白石烂、青石矸 gān：言山石洁白耀眼。语出《史记·鲁仲连邹阳列传》"宁戚饭牛车下"句。裴骃《集解》引春秋人宁戚之歌，歌云："南山矸，白石烂，生不遭尧与舜禅。"

③狼山：又称紫狼山或紫琅山。在今江苏南通市东南，风光绮丽，名胜古迹甚多。

马致远（1250—1324），字千里，号东篱，大都人。少年时热衷功名，却郁郁不得志。后曾出任江浙省务提举，晚年隐居田园。所作杂剧今知有十五种，现存《汉宫秋》《荐福碑》《陈抟高卧》等共七种。与关汉卿、郑光祖、白朴并称“元曲四大家”，极负盛名。散曲有瞿钧编注《东篱乐府全集》，共收套数二十二套，小令一百一十七首。

［南吕］四块玉

浔阳江[①]

送客时，秋江冷。商女琵琶断肠声。可知道司马和愁听。月又明，酒又酲[②]，客乍醒。

注释

①此首小令，借白居易《琵琶行》抒写抒古怀今、羁旅游宦的情愫。

②酲 chéng：喝醉了神志不清。

［南吕］金字经

夜来西风里，九天鹏鹗飞[①]。困煞中原一布衣[②]。悲，故人知未知？登楼意[③]，恨无上天梯[④]。

注释

①九天：九重天，极言天之高。鹏鹗è：鹏，传说中最大的鸟。鹗，一种猛禽，俗称鱼鹰。这里作者以鹏鹗自喻。

②中原：泛指黄河中、下游地区。

布衣：指平民。古代平民不能衣锦绣，故称。

③登楼意：东汉末王粲依附荆州刺史刘表，但未得赏识，于是作《登楼赋》，以抒发心中愤懑。此处作者借王粲典故抒发自己的沉痛情感，但其中豪气犹在。这首小令应为马致远少见的早期作品。

④上天梯：登天的梯子。暗指为朝廷所用。

[双调]蟾宫曲

叹世

咸阳百二山河[①]，两字功名，几阵干戈。项废东吴[②]，刘兴西蜀[③]，梦说南柯[④]。韩信功兀的般证果[⑤]，蒯通言那里是风魔[⑥]？成也萧何，败也萧何[⑦]，醉了由他！

注释

①咸阳：秦朝的政治、经济中心。

②项废东吴：指项梁和项羽叔侄响应陈胜吴广起义，

杀会稽郡守而起兵之事。会稽郡治在吴，历来泛称东吴。

③刘兴西蜀：刘邦与项羽起义推翻秦朝之后，刘邦受封汉王，占据巴蜀和汉中。

④南柯：唐李公佐作《南柯太守传》，叙述淳于棼梦至槐安国，娶公主，封南柯太守，荣华富贵，显赫一时。后率师出征战败，公主亦死，淳于棼遂遭国王疑忌，被遣归。醒后，在庭前槐树下掘得蚁穴，即梦中之槐安国；南柯郡则为槐树南枝下另一蚁穴。后借南柯指梦境，亦比喻瞬息幻灭之事。

⑤韩信：西汉开国功臣，“汉兴三杰”之一，与萧何、张良齐名，在助刘邦歼灭项羽的战斗中功勋卓著。但终为刘邦疑忌，后被吕后处死。

⑥蒯通：本名蒯彻，因避汉武帝讳而改为通。乃韩信门下辩士，曾劝韩信谋反自立，韩信不听。他害怕事发被牵连，就假装疯魔。后韩信果为刘邦所疑。

⑦成也萧何，败也萧何：成语，比喻事情的成功和失败都是由这一个人造成的。萧何，汉高祖刘邦丞相。韩信由萧何举荐而成大将军，但最后亦因萧何而死。

[越调]天净沙

秋思[1]

枯藤老树昏鸦，小桥流水人家，古道西风瘦马。夕阳西下，断肠人在天涯。

注释

①这首小令是写“秋思”的名曲，被誉为“秋思之祖”。(周德清《中原音韵》)整首小令，用极有限的字句，塑造了极丰富的意象。景与物、物与情、情与景，紧密结合，相互交融，“描绘了一幅绝妙的秋景图”。

[双调]寿阳曲

山市晴岚[1]

花村外，草店西，晚霞明雨收天霁[2]。四周山一竿残照里，锦屏风又添铺翠[3]。

潇湘夜雨[4]

渔灯暗，客梦回，一声声滴人心碎。孤舟五更家万里，是离人几行情泪。

注释

①这是马致远写八景（八首）小令中的两首。宋代宋迪，有以潇湘风景写平远山水八幅，时人称为潇湘八景。这八景为：平沙落雁、远浦帆归、山市晴岚、江天暮雪、洞庭秋月、潇湘夜雨、烟寺晚钟、渔村夕照。马致远所写八景，与之完全一致。

②天霁：天晴。

③锦屏风：用以形容四周的山岭。

④潇湘：指湘江与潇水的并称。多借指湖南地区。

[双调]寿阳曲

云笼月，风弄铁[①]，两般儿助人凄切[②]。剔银灯欲将心事写[③]，长吁气一声欲灭。

注释

①铁：即檐马，又作风铃、铁马。是悬挂在檐前用以占风的铁片，风一吹互相撞击发声。

②两般儿：两样。指前文云笼月和风弄铁。

③剔银灯：即挑灯芯。银灯，锡灯。因色白而称银灯。

赵孟頫（1254—1322），字子昂，号松雪道人、水精宫道人，湖州（今浙江吴兴）人。宋宗室。入元后，经程钜夫推荐，官刑部主事，后累官至翰林学士承旨。博学多才，能诗善文，擅画通音律，尤以书法著称，为楷书四大家（另三位为欧阳询、柳公权、颜真卿）之一。

［仙吕］后庭花①

清溪一叶舟，芙蓉两岸秋。采菱谁家女，歌声起暮鸥。乱云愁，满头风雨，戴荷叶归去休。

注释

①这首小令，纯然写景，宛若一幅水乡秋暝图。赵孟頫精通诗画音乐，与唐朝王维相似。故而，他的曲中有画入意。

王实甫 名德信，大都人。约与关汉卿同时。作杂剧十四种，今存《西厢记》《破窑记》《丽春堂》三种，以及部分残曲。其中尤以《西厢记》最为出色，被誉为“天下夺魁”之作。朱权评王实甫之作如“花间美人”，“铺叙委婉，深得骚人之趣”，“极有佳句”。（《太和正音谱》）散曲作品今存套数两套，小令一首。

［中吕］十二月过尧民歌

别情

自别后遥山隐隐，更那堪远水粼粼。见杨柳飞绵滚滚①，对桃花醉脸醺醺。透内阁香风阵阵②，掩重门暮雨纷纷③。怕黄昏忽地又黄昏，不销魂怎地不销魂？新啼痕压旧啼痕，断肠人忆断肠人！今春，香肌瘦几分，搂带宽三寸④。

注释

①飞绵：即柳絮。

②内阁：深闺，内室。

③重门：庭院深处的门。

④搂带：即缕带，用丝纺织的衣带。

王伯成（？—1295），涿州人。为马致远忘年交。散曲现存套数三套，小令二首。有《天宝遗事诸宫调》见称于世，现已不全，曾作三种杂剧《贬夜郎》《泛浮槎》《兴项灭刘》，后二种今不存。

[中吕]阳春曲

别情

多情去后香留枕，好梦回时冷透衾[1]。闷愁山重海来深。独自寝，夜雨百年心[2]。

注释

①衾：被子。

②百年心：与爱人白头到老的心。

滕宾 一作滕斌，字玉霄，黄冈（今属湖北）人。至大年间任翰林学士，出为江西儒学提举。后弃家入天台山为道士。有《玉霄集》。现存小令十五首。

[中吕]普天乐[①]

柳丝柔，莎茵细[②]。数枝红杏，闹出墙围。院宇深，秋千系。好雨初晴东郊媚。看儿孙月下扶犁。黄尘意外[③]，青山眼里，归去来兮[④]。

又

翠荷残，苍梧坠[⑤]。千山应瘦，万木皆稀。蜗角名，蝇头利[⑥]，输与渊明陶陶醉[⑦]。尽黄菊围绕东篱，良田数顷，黄牛一只，归去来兮。

注释

①滕宾有[普天乐]失题小令十一首，主题都是通过对自然风光的描绘以及对官场名利的批判，表现自己对隐逸生活的倾慕。这里选取其中两首，第一首从描写春景入手，第二首则为秋景。

②莎茵：像毯子一样的草地。

莎，莎草。茵，垫子、席子等的通称。

③黄尘：比喻俗世、尘世。唐聂夷中《题贾氏林泉》诗："岂知黄尘内，迥有白云踪。"

④归去来兮：归去吧。来兮，语气助词，相当于"吧"。

⑤苍：深绿色。

⑥作者用"蜗角"和"蝇头"表示对世俗名利的鄙视。

⑦此句意为，与陶渊明的归隐行藏相比，自己是不如的。曲中表现了对陶渊明的倾慕以及对自己未能及时归隐的悔恨。

邓玉宾 曾官同知。现存小令四首，套数四套。多为宣传道教思想。

[正宫]叨叨令

道情[①]

白云深处青山下，茅庵草舍无冬夏。闲来几句渔樵话[②]，困来一枕葫芦架[③]。您省的也么哥[④]，您省的也么哥？煞强如风波千丈担惊怕。

注释

①“道情”是散曲的一种体式。其内容大多是劝人看破红尘，求仙学道。但也有一些作品，在劝诫的同时包含着对不公现实的批判。

②闲来几句渔樵话：意为闲时就和渔夫、樵夫说几句闲话。

③困来一枕葫芦架：困了就卧在葫芦架下甜美地睡一觉。

④也么哥：亦作“也波哥”“也末哥”。元明戏曲中常用的衬词，无义。这句话是说，你能理会吗？

阿里西瑛 回族人，其父为阿里耀卿学士。有居号懒云窝，在今江苏苏州。与贯云石、乔吉等皆有和曲。

[双调]殿前欢

懒云窝[1]

西瑛有居号懒云窝，以殿前欢调歌此以自述。

懒云窝，醒时诗酒醉时歌。瑶琴不理抛书卧[2]，无梦南柯。得清闲尽快活。日月似撺梭过[3]，富贵比花开落。青春去也，不乐如何。

懒云窝，醒时诗酒醉时歌。瑶琴不理抛书卧，尽自磨陀[4]。想人生待则么[5]？富贵比花开落，日月似撺梭过。呵呵笑我，我笑呵呵。

懒云窝，客至待如何？懒云窝里和衣卧，尽自婆娑[6]。想人生待则么？贵比我高些个，富比我松些个？呵呵笑我，我笑呵呵。

注释

①懒云窝：阿里西瑛居所名。这组[殿前欢]散曲，如题下所记，为作者自述其在懒云窝生活的作品。时名曲家贯云石、乔吉等均有和作。可知此曲在元代颇有影响。

②瑶琴：镶嵌有美玉的琴。后泛指精美的乐器。理：弹弄。

③撺梭：犹“穿梭”。形容往来频繁。

④磨陀：逍遥自在。

⑤则么：即“怎么”。元人口语。

⑥婆娑：逍遥，闲散自得。

冯子振（1257—1314），字海粟，自号怪怪道人、瀛洲客，攸州（今湖南攸县）人。官至承事郎、集贤待制。诗文曲皆工。散曲现存小令四十四首。

[正宫]鹦鹉曲

山亭逸兴[①]

嵯峨峰顶移家住[②]，是个不唧嗰樵父[③]。烂柯时树老无花[④]，叶叶枝枝风雨。[幺]故人曾唤我归来，却道不如休去。指门前万叠云山，是不费青蚨买处[⑤]。

注释

①大德六年（1302）冬，冯子振留寓京城，曾于酒楼上听歌女御园秀演唱白贲的《鹦鹉曲》："侬家鹦鹉洲边住，是个不识字渔父。浪花中一叶扁舟，睡煞江南烟雨。觉来时满眼青山，抖擞绿蓑归去。算从前错怨天公，甚也有安排我处。"其曲优美，只可惜没有人能够和韵，因为这支曲子的韵律要求很严。时座中人举酒索和，冯子振一时兴发，按原韵和作三十八首，即景生情，抒怀写志，登临感兴。此首乃发笔第一篇。

②嵯峨：形容山势高峻。

③不唧嗰：不伶俐，不精明。

④烂柯：围棋的代称。《述异记》载：晋王质入山砍柴，见二童子下棋，他便放下斧子在一旁观看，看完一局，他的斧柄已经腐烂，他回家后才知已过一百年了。柯，树枝做的斧柄。后世以烂柯一词代称围棋，意为林下围棋，逍遥快乐似神仙。

⑤青蚨 fú：传说中的虫，喻金钱。汉刘安《淮南万毕术》记载，青蚨为虫名，形如蝉，生子于草叶上，若取其子，母即飞来。如用青蚨母虫的血分别涂在钱上，用其购物，所付母钱、子钱都能飞回。

[正宫]鹦鹉曲

农夫渴雨

年年牛背扶犁住[①]，近日最懊恼杀农夫[②]。稻苗肥恰待抽花[③]，渴煞青天雷雨[④]。[幺]恨残霞不近人情，截断玉虹南去[⑤]。望人间三尺甘霖，看一片闲云起处。

注释

①扶犁住：以扶犁为生。住，过日子。

②最：正。懊恼杀：最懊恼。

③恰待：正要。

④渴煞：言非常渴望。

⑤玉虹：彩虹。

朱帘秀 杂剧女演员，艺名“珠帘秀”。《青楼集》称其“杂剧为当今独步；驾头、花旦软末泥等，悉造其妙”。元代后辈艺人称之为“朱娘娘”。亦能作散曲。

[双调]寿阳曲

答卢疏斋[1]

山无数，烟万缕，憔悴煞玉堂人物[2]。倚篷窗一身儿活受苦[3]，恨不得随大江东去。

注释

①这首曲子为赠答散曲作家卢挚（号疏斋）而作。卢挚原作为：“才欢悦，早间别，痛煞煞好难割舍。画船儿载将春去也，空留下半江明月。”

②玉堂人物：这里指卢挚。卢挚曾任翰林学士。玉堂，翰林院的别称。

③篷窗：船窗。

贯云石（1286—1324），本名小云石海涯，元功臣阿里海涯之孙。因其父名贯只歌，遂以贯为姓。号酸斋，又号芦花道人，维吾尔族人。文武双全，官至知制诰同修国史。后辞归江南。贯云石曾从学于姚燧，诗文皆通，散曲成就最高，有《贯酸斋集》二卷。现存散曲小令七十九首，套数十九套。散曲与徐再思（号甜斋）齐名，近人任讷先生将二人散曲合编为《酸甜乐府》。

[正宫]塞鸿秋

代人作[①]

战西风几点宾鸿至[②]，感起我南朝千古伤心事[③]。展花笺欲写几句知心事[④]，空教我停霜毫半晌无才思[⑤]。往常得兴时，一扫无瑕疵。今日个病厌厌刚写下两个相思字。

注释

①此曲写作背景不明，但题为“代人作”，似有明确指陈对象。为伤古感时之作。

②战西风：写鸿雁在凛冽的西风中颤抖飘忽的情景。战，同“颤”。意为颤抖。

宾鸿：鸿，鸿鸟，每秋季至南方过冬，故称宾鸿。

③南朝：指我国历史上宋、齐、梁、陈四朝。期间国事纷乱，兴衰更替频繁。

④花笺：精致华美的笺纸。

⑤霜毫：白兔毛做的毛笔。

［南吕］金字经[①]

蛾眉能自惜[②]，别离泪似倾。休唱《阳关》第四声[③]。情，夜深愁寐醒[④]。人孤零，萧萧月二更。

注释

①贯云石妻子石氏出身名门，但贯云石却在婚后不久即离家别妻前往远在江南的永州任职，故而笔下多有抒发离情之作品。又或贯云石在江南任职或者游乐之际，与歌伎交往，曲中离情为她们所发，也未可知。

②蛾眉：美人的秀眉，喻指美女。

③休唱《阳关》第四声：《阳关》指王维《送元二使安西》诗，入乐府为送别之曲，即名《渭城曲》。送别之时，因反复诵唱，故又称“阳关三叠”。唱到第四声时分别时刻就将到来，故谓“休唱《阳关》第四声”。

④寐：睡着。

[南吕]金字经

泪溅描金袖[①],不知心为谁？芳草萋萋人未归。期[②],一春鱼雁稀[③]。人憔悴，愁堆八字眉。

注释

①描金袖：指极华美的服饰。

②期：盼望。

③鱼雁：《乐府诗集·相和歌辞十三·饮马长城窟行之一》："呼儿烹鲤鱼，中有尺素书。"《汉书·苏武传》："教使者谓单于，言天子射上林中，得雁，足有系帛书。"后因以"鱼雁"代称书信。

[双调]清江引

惜别[①]

玉人泣别声渐杳[②]，无语伤怀抱。寂寞武陵源[③]，细雨连芳草，都被他带将春去了。

注释

①贯云石共有两组（五首）[清江引]以"惜别"为题。贯云石以"重情"著称。他曾对好友欧阳玄说："少年与朋友知契，每别辄缱绻数日。"（《圭斋集》卷九）

故而他写别离之作，最为动人。

②玉人：容貌美丽的人。《晋书·卫玠传》："（玠）年五岁，风神秀异……总角乘羊车入市，见者皆以为玉人，观之者倾都。"后多用以称美丽的女子。

③武陵源：陶潜《桃花源记》载：晋太元中，武陵渔人误入桃花源，见其屋舍俨然，有良田美池，阡陌交通，鸡犬相闻，男女老少怡然自乐。村人自称先世避秦时乱，率妻子邑人来此，遂与外界隔绝。后渔人复寻其处，"迷不复得"。后以"武陵源"借指避世隐居的地方。这里应该是贯云石初仕湖南之作，以武陵源指自己的所在。

［双调］清江引

惜别

若还与他相见时，道得个真传示：不是不修书，不是无才思，绕清江买不得天样纸[①]！

注释

①清江：水色清澄的江。又或指具体水名：一在湖北，即古夷水；一在江西，指流经新干、清江等地的那段赣江。贯云石辞官之后，确曾到过湖北、江西等地。

此句意为，绕遍清江，也买不到天那么大的纸。言相思之多、情意之浓，非小小纸笺能容。

这首小令妙在用通俗之语，写尽缠绵缱绻的眷恋和相思。其间又有高度的夸张和极致的想象，构思别致又含蓄委婉。寥寥三十一字，胜过千篇情书！

[双调]蟾宫曲

送春[①]

问东君何处天涯[②]？落日啼鹃，流水桃花，淡淡遥山，萋萋芳草，隐隐残霞。随柳絮吹归那答[③]，趁游丝惹在谁家[④]。倦理琵琶，人倚秋千，月照窗纱。

注释

①本首小令题为“送春”，却在全篇不着一个“送”字，不着一个“春”字。借一系列自然景象的罗列，言尽“送春”的旨意，颇有文人诗词的意韵。

②东君：司春之神。指春天。

③那答：亦作“那搭”。何处，哪里。

④游丝：比喻淡淡的烟气。

[双调]清江引

弃微名去来心快哉[1]！一笑白云外。知音三五人，痛饮何妨碍？醉袍袖舞嫌天地窄。

注释

①去来：即去。辞官归去。来，语气助词，无义。

[双调]殿前欢

楚怀王[1]，忠臣跳入汨罗江[2]。《离骚》读罢空惆怅，日月同光[3]。伤心来笑一场，笑你个三闾强[4]，为甚不身心放。沧浪污你[5]，你污沧浪。

注释

①楚怀王：战国时楚国国君。

②忠臣跳入汨罗江：指屈原因楚怀王听信谗言，被放逐沅湘间，愤而投汨罗江而死。汨罗江，湘江支流，在今湖南省东北部。

③日月同光：《史记·屈原贾生列传》称赞屈原之《离骚》“虽与日月争光可也”。

④三闾强：指屈原，他曾任三闾大夫。

⑤沧浪：沧浪，汉水的下游。这里指汨罗江。

[双调]清江引

咏梅[①]

南枝夜来先破蕊[②]，泄露春消息。偏宜雪月交[③]，不惹蜂蝶戏。有时节暗香来梦里[④]。

又

芳心对人娇欲说，不忍轻轻折。溪桥淡淡烟，茅舍澄澄月。包藏几多春意也。

注释

①贯云石题为“咏梅”的小令共四首，这里选其中两首。

②南枝：朝南的枝条，因向阳而早开。

③偏宜：偏偏适宜。

④有时节：有时候。

卫立中 名德辰，字立中。素以才干称，善书。隐居未仕，曾与阿里西瑛、贯云石交游，年辈亦相若。

[双调]殿前欢

碧云深，碧云深处路难寻。数椽茅屋和云赁[1]。云在松阴。挂云和八尺琴[2]，卧苔石将云根枕，折梅蕊把云梢沁[3]。云心无我，云我无心。

注释

①数椽茅屋和云赁：把几处茅屋连白云一起租下来。椽，间。赁，租借。

②云和：山名。以产琴瑟著称，后作琴、瑟、琵琶等乐器的代称。八尺琴：乐器名。

③沁：渗入。

邓玉宾子 生平事迹不详。其父邓玉宾，同擅长散曲。

[双调]雁儿落过得胜令

闲适

乾坤一转丸[①]，日月双飞箭[②]。浮生梦一场，世事云千变。万里玉门关[③]，七里钓鱼滩[④]。晓日长安近[⑤]，秋风蜀道难[⑥]。休干，误杀英雄汉。看看，星星两鬓斑。

注释

①乾坤：天地。转丸：小小圆球。

此句将无限的宇宙空间，比作小小圆球。

②日月双飞箭：意为时光岁月如箭一般飞逝。

③万里玉门关：用东汉名将班超故事。《后汉书·班超传》载，班超请缨抗击西域匈奴，封定远侯，年老思乡，发“臣不敢望到酒泉郡，但愿生入玉门关”之叹。

④七里钓鱼滩：用东汉隐士严光故事。《后汉书·严光传》载，严光避世不见光武帝刘秀，隐身于富春江畔七里滩垂钓。

⑤晓日长安近：典出《世说新语·夙惠》：“晋明帝数岁，坐元帝膝上，有人从长安来，元帝问洛下消

息，潸然流涕。明帝问何以致泣，具以东渡意告之。因问明帝：'汝意长安何如日远？'答曰：'日远。不闻人从日边来,居然可知。'元帝异之。明日，集群臣宴会,告以此意,更重问之。乃答曰：'日近。'元帝失色，曰：'尔何故异昨日之言邪？'答曰：'举目见日,不见长安。'"后以"长安日"喻君王,以"长安近"表示官运亨通、仕途得意。

⑥秋风蜀道难：用李白《蜀道难》"蜀道之难，难于上青天"句意,表逆境,与前文"长安近"顺境相对。

张养浩（1270—1329），字希孟，号云庄，山东济南人。武宗朝，入拜监察御史，因批评时政被免职。后复官至礼部尚书，参议中书省事，又因直谏触怒英宗。诗、文兼擅，散曲成就突出。有散曲集《云庄休居自适小乐府》，以及《归田类稿》《云庄集》。

［中吕］朝天曲

柳堤，竹溪，日影筛金翠[①]。杖藜徐步近钓矶[②]。看鸥鹭闲游戏。农父渔翁，贪营活计，不知他在图画里。对这般景致，坐的，便无酒也令人醉。

注释

①金翠：黄金和翠玉制成的饰物。这句的意思是从树荫漏下的日影，如金翠般闪耀。

②藜：拐杖。钓矶：钓鱼时坐的石头。

［双调］殿前欢

玉香球花[①]

玉香球，花中无物比风流。芳姿夺尽人间秀，冰雪堪羞。翠帏中分外幽。开时候，把风月都熏透。神仙在此，何必扬州！

注释

①此首小令是咏花名曲，作者用拟人的手法，不只写出了玉香球之貌美，更写出其灵气和神韵。

[双调]殿前欢

对菊自叹

可怜秋，一帘疏雨暗西楼。黄花零落重阳后[1]，减尽风流。对黄花人自羞。花依旧，人比黄花瘦[2]。问花不语[3]，花替人愁。

注释

①黄花：即菊花。重阳：即九月九日重阳节。

②人比黄花瘦：出自李清照[醉花阴]“帘卷西风，人比黄花瘦”。

③问花不语：化用欧阳修[蝶恋花]“泪眼问花花不语”。

[中吕]山坡羊

潼关怀古

峰峦如聚，波涛如怒。山河表里潼关路[1]。望西都[2]，意踌躇[3]。伤心秦汉经行处[4]，宫阙万间都做了土。

兴，百姓苦！亡，百姓苦！

注释

①山河表里：《左传·僖公二十八年》载，晋楚之战前，子犯劝晋文公决战，说即使打了败仗，晋国“山河表里，必无害也”。这里用此成语，说潼关形势异常险要。

潼关：关名，在今陕西省潼关县。

②西都：长安。

③踌躇：徘徊不前，犹豫不决。

④伤心秦汉经行处：一路上经过的秦汉遗迹。

［双调］殿前欢

登会波楼

四围山，会波楼上倚阑干[①]。大明湖铺翠描金间[②]，华鹊中间。爱江心六月寒。荷花绽，十里香风散。被沙头啼鸟，唤醒这梦里微官。

注释

①会波楼：张养浩有散文《会波楼记》。言会波楼在其故乡济南，“基城北水门，翘然而屋者，为会波楼”。

②大明湖：在山东省济南市旧城北部。

铺翠、描金：都是为使器物美观而在其上用金银或者其他饰物进行装饰的手法。

［双调］水仙子

咏江南

一江烟水照晴岚[①]，两岸人家接画檐[②]，芰荷丛一段秋光淡[③]，看沙鸥舞再三，卷香风十里珠帘。画船儿天边至，酒旗儿风外飐[④]，爱杀江南[⑤]。

注释

①晴岚：晴日山中的雾气。

②画檐：有画饰的屋檐。

③芰 jì 荷：指菱叶与荷叶

④飐 zhǎn：风吹颤动的样子。

⑤杀：用在动词后，表示程度深。极，非常。

白贲 字无咎，钱塘（今浙江杭州）人。诗人白珽之子。至治年间，曾任温州路平阳州教授，后为文林郎南安路总管府经历。能作散曲，亦擅画。以散曲小令[鹦鹉曲]闻世。

[正宫]鹦鹉曲

侬家鹦鹉洲边住[①]，是个不识字渔父[②]。浪花中一叶扁舟，睡煞江南烟雨[③]。[幺]觉来时满眼青山，抖擞绿蓑归去[④]。算从前错怨天公，甚也有安排我处[⑤]。

注释

①鹦鹉洲：在今武汉市武昌城区黄鹄矶西长江中。相传东汉末江夏太守黄祖长子黄射在此大会宾客，有人献鹦鹉，祢衡作《鹦鹉赋》，故名。

②父 fǔ：对老年男人的称呼。

③煞：极，尽情。

④抖擞：抖动。蓑：用草或棕毛做成的防雨器。

⑤甚：是。这句话的意思是，原来老天安排我做了渔父。

郑光祖 生卒年不详，字德辉，平阳襄陵（今山西襄汾县）人。他是元代著名的杂剧家和散曲家，所作杂剧在当时“名闻天下，声振闺阁”。与关汉卿、马致远、白朴齐名，后人合称为“元曲四大家”。所作杂剧可考者十八种，现存《周公摄政》《王粲登楼》《翰林风月》《倩女离魂》《无塩破连环》《伊尹扶汤》《老君堂》《三战吕布》等八种；其中以《倩女离魂》最著名，后三种被质疑非郑光祖所作。除杂剧外，郑光祖亦写散曲，有小令六首、套数二套流传。

[双调]蟾宫曲

梦中作[①]

半窗幽梦微茫，歌罢钱塘[②]，赋罢高唐[③]。风入罗帏，爽入疏棂[④]，月照纱窗。缥缈见梨花淡妆[⑤]，依稀闻兰麝余香[⑥]。唤起思量，待不思量，怎不思量！

又

飘飘泊泊船缆定沙汀[⑦]，悄悄冥冥，江树碧荧荧，半明不灭一点渔灯。冷冷清清潇湘景晚风生，淅留淅零暮雨初晴[⑧]，皎皎洁洁照橹篷剔留团栾月明[⑨]。正潇潇飒飒和银筝失留疏刺秋声[⑩]，见希飐胡都茶客微醒[11]。细寻寻思思："双生，双生，你可闪下苏卿！"

又

弊裘尘土压征鞍鞭倦袅芦花[12]。弓剑萧萧，一竟入烟霞[13]。动羁怀西风禾黍秋水蒹葭[14]。千点万点老树寒鸦，三行两行写高寒呀呀雁落平沙[15]。曲岸西边近水涡鱼网纶竿钓艖[16]，断桥东下傍溪沙疏篱茅舍人家。见满山满谷，红叶黄花。正是凄凉时候，离人又在天涯！

注释

①郑光祖题为《梦中作》的［双调·蟾宫曲］共三首，均借梦境的浪漫，表达自己含蓄隐约的情感和慨叹。

②钱塘：杭州的旧称。这里言传说中钱塘名妓苏小小事。

③高唐：战国时楚国台观名，在云梦泽中。宋玉有《高唐赋》写楚襄王梦游高唐，与神女欢会。后以高唐借指男女幽会之所。

④疏棂：大格子的窗户。棂，旧式房屋的窗格。

⑤梨花淡妆：指女子装束像梨花一样素雅。

白居易《长恨歌》有诗云："玉容寂寞泪阑干，梨花一枝春带雨。"

⑥兰麝：指兰香与麝香。均为名贵香料。

⑦沙汀：水边平地。

⑧淅留淅零：象声词，形容轻微的风雨声。

⑨橹：船旁辅助船前进的工具。篷：即船篷。剔留：圆转貌。团栾：形容月圆。这里用"剔留"和"团栾"两个形容词重叠修饰圆月。

⑩银筝：有银装饰的筝或者是用银字表示音调高低的筝。失留疏刺：又作"失留屑历"。形容水声、风声或者物件飘落的声音。

⑪希飐胡都：形容神思迷迷糊糊。茶客：指茶商。这里暗含"泛茶船"故事："苏小卿，庐州娼也，与书生双渐交昵，情好甚笃。渐出外，久之不还，小卿守志待之，不与他人狎。其母私与江右茶商冯魁定计，卖与之。小卿在茶船，月夜弹琵琶甚怨。……渐成名后，经官论之，还为夫妇。"元人散曲中常以双渐和苏小卿代指书生和妓女。这里写希飐胡都的茶商，与陷入痛苦中的小卿形成对比。

⑫弊裘：破旧的裘衣。征鞍：犹征马，指旅行者所骑的马。鞭倦袅芦花：意思是游子已经疲惫不堪，手里的马鞭已经像水边的芦花那样无力地摇动。袅：

柔弱、缭绕。

⑬一竟：一直。

⑭羁怀：游子的羁旅情怀。羁，停留，使停留。

禾黍：禾与黍。泛指黍稷稻麦等粮食作物。

⑮写高寒：指翔于天空的大雁成对成行，像是在写文字一样。高寒，天空。

⑯纶竿：钓竿。钓艖：钓船。艖，小船。

曾瑞 字瑞卿，号褐夫，平州（今属河北）人，一说大兴（今属北京）人。善绘画，能作隐语小曲。有杂剧《才子佳人误元宵》一种，散曲集《诗酒余音》，俱已不存。现存散曲小令九十余首，套数十七套。

［正宫］醉太平

相邀士夫[①]，笑引奚奴[②]。涌金门外过西湖[③]，写新诗吊古[④]。苏堤堤上寻芳树[⑤]，断桥桥畔沽醽醁[⑥]，孤山山下醉林逋[⑦]。洒梨花暮雨。

注释

①士夫：金元以来作一般男子的通称。

②奚奴：古代本指女奴，宋以来为男女奴仆之通称。

③涌金门：旧称丰豫门，为杭州城门名。

④吊古：凭吊往事。吊，凭吊。古，古事，往事。

⑤苏堤：又称苏公堤。在浙江省杭州市西湖中。北宋元祐年间，苏轼任杭州知府时，疏浚西湖，堆泥筑堤。后世为纪念苏轼功绩，将此堤命名为苏堤。

⑥断桥：又名段家桥，在杭州白堤上。醽醁 línglù：美酒名。

⑦孤山：在杭州西湖中，宋代林逋曾隐居其中。林逋：北宋初年著名隐逸诗人。

[南吕]四块玉

叹世[1]

罗网施，权豪使[2]，石火光阴不多时[3]。劼活若比吴蚕似[4]。皮作锦，茧做丝，蛹烫死。

注释

①这支小令题为“叹世”，实乃讽刺世态之作。言约义丰，以短短二十九字对不公的现实进行了强烈的批判。

②罗网施，权豪使：意为现实社会中魑魅魍魉的罗网世界，乃是权贵们所布置。

③石火光阴：表示光阴迅速，一眨眼就要过去。这里意指权贵们为非作歹，终究横行不过几日。

④劼 jié 活：费尽心机地过活。劼，慎重，勤勉。吴蚕：吴地之蚕。吴地善养蚕，故称良蚕为吴蚕。

[南吕]骂玉郎过感皇恩采茶歌[1]

闺中闻杜鹃

无情杜宇闲淘气[2]，头直上耳根底。声声聒得人心碎[3]。你怎知，我就里[4]，愁无际？帘幕低垂，重门深闭。曲阑边[5]，雕檐外，画楼西。将春醒唤起[6]，将晓梦惊回。无明夜，闲聒噪，厮禁持[7]。我几曾离，这绣罗帏，没来由劝我道不如归[8]。狂客江南正着迷，这声儿好去对俺那人啼。

注释

①这支曲子是带过曲，由[骂玉郎][感皇恩][采茶歌]三支小令组成，这三支小令都不能单独作为小令。曲子采用了代言体的表达方式，以思妇的口吻，直抒胸臆。

②杜宇：即杜鹃鸟。据《成都记》载："杜宇又曰杜主，自天而降，称望帝，好稼穑，治郫城。后望帝死，其魂化为鸟，名曰杜鹃。"

③聒：声音吵闹，使人心烦。

④就里：心里。

⑤曲阑：栏杆。

⑥春醒：春天里醉酒的状态。

⑦厮禁持：相折磨。

⑧不如归：杜鹃鸟叫声似"不如归去"音。

[南吕]骂玉郎过感皇恩采茶歌

闺情

才郎远送秋江岸[1]，斟别酒唱阳关[2]，临岐无语空长叹[3]。酒已阑[4]，曲未残，人初散。月缺花残，枕剩衾寒[5]。脸消香，眉蹙黛[6]，髻松鬟。心长怀去后，信不寄平安。拆鸾凤[7]，分莺燕，杳鱼雁[8]。对遥山[9]，倚阑干，当时无计锁雕鞍[10]。去后思量悔应晚，别时容易见时难。

注释

①才郎：女子对丈夫的尊称。

②阳关：指《阳关曲》。

③临岐：在岔路口。岐，通“歧”，分支，分岔，偏离正道的小路。

④酒已阑：酒已喝尽。阑，残、尽。

⑤枕剩衾寒：指丈夫离去后女子形单影只。衾，被子。

⑥眉蹙黛：皱眉，因忧伤而愁眉不展。

⑦拆鸾凤：将鸾、凤拆散。指夫妻分离。

⑧杳鱼雁：书信断绝。杳，无影无声。

⑨遥山：远处的山。

⑩当时无计锁雕鞍：当时没有办法把他的马系住。雕鞍，刻有精美图案的马鞍。借指马。

周文质（？—1334），字仲彬，建德（今属浙江）人，后居杭州。与钟嗣成相交。作杂剧四种，现存《苏武还乡》残曲。散曲存小令四十三首，套数五套。

[正宫]叨叨令[1]

自叹

筑墙的曾入高宗梦[2]，钓鱼的也应飞熊梦[3]；受贫的是个凄凉梦，做官的是个荣华梦。笑煞人也末哥，笑煞人也末哥，梦中又说人间梦。

去年今日题诗处，佳人才子相逢处[4]。世间多少伤心处，人面不知归何处。望不见也末哥，望不见也末哥，绿窗空对花深处。

注释

①叨叨令：[叨叨令]的主要特征是重复两遍使用“也末哥”。也末哥：亦作“也波哥”“也么哥”。元明戏曲中常用的衬词。无义。

②传说殷高宗梦中得圣人，便命人访之，得从事筑版工作的傅说，举为宰相。

③指于渭滨垂钓的姜太公吕尚，得遇周文王而被提升为宰辅大臣。《史记·齐太公世家》：文王将出猎，卜之，曰：“所获非龙非螭，非虎非熊，所获霸王

之辅。”

作者这里用两个下层人士飞腾做高官的故事，慨叹世情。

④这两句暗用唐代诗人崔护爱情故事。相传崔护应进士落第，独游长安，于一村居叩门求饮，得遇一女子送水。桃花树下，花人两相映。翌年崔护再访女子，则桃花依旧，女子已不在。崔护在门上题诗云：“去年今日此门中，人面桃花相映红。人面不知何处去，桃花依旧笑春风。”

作者这里借崔护的爱情故事，慨叹世间爱情。

［正宫］叨叨令

悲秋

叮叮当当铁马儿乞留玎琅闹，啾啾唧唧促织儿依柔依然叫。滴滴点点细雨儿淅零淅留哨，潇潇洒洒梧叶儿失流疏刺落[1]。睡不著也末哥，睡不著也末哥，孤孤另另单枕上迷彪模登靠[2]。

注释

①此句中的“叮叮当当”“乞留玎琅”“啾啾唧唧”“依柔依然”“淅零淅留”“失流疏刺”等皆为拟声词。这支曲子用大量的拟声词，将秋天里特有的声音

逐一描摹，"秋声"之中融入悲秋之感，情景交融。

②迷颩模登：指迷迷糊糊。

[越调]寨儿令[①]

鸾枕孤[②]，凤衾余[③]，愁心碎时窗外雨。漏断铜壶[④]，香冷金炉[⑤]，宝帐暗流苏[⑥]。情不已心在天隅[⑦]，魂欲离梦不华胥[⑧]。西风征雁远，湘水锦鳞无[⑨]。吁，谁寄断肠书？

又

挑短檠[⑩]，倚云屏[⑪]，伤心伴人清瘦影。薄酒初醒，好梦难成，斜月为谁明。闷恹恹听彻残更[⑫]，意迟迟盼杀多情。西风穿户冷，檐马隔帘鸣。叮，疑是珮环声[⑬]。

注释

①周文质[寨儿令]共十首，均写爱情。有女子思念男子，也有男子思念女子。这里选取的两首，前者为女子思念远人的闺怨，后者为男子抒发对心上人的一往情深。

②鸾枕：绣有鸾鸟的枕头。

③凤衾：绣有凤凰的被子。

④漏：古代计时器具。

⑤金炉：香炉的美称。

⑥流苏：装饰在马车、帐幕等上面下垂的穗状物，用五彩羽毛或丝线制成。

⑦天隅：天边。

⑧华胥：传说中的国名。《列子·黄帝》："（黄帝）昼寝，而梦游于华胥氏之国。华胥氏之国在弇州之西，台州之北，不知斯齐国几千万里。盖非舟车足力之所及，神游而已。其国无帅长，自然而已；其民无嗜欲，自然而已……黄帝既寤，怡然自得。"后用以指理想的安乐和平之境，或指梦境。

⑨征雁、锦鳞：均为书信的代称。

⑩短檠 qíng：灯架，烛台。古时富贵人家用长檠，寒门读书人用短檠。作者这里用"短檠"，说明文中男子是一位清寒的书生。

⑪云屏：有云形彩绘的屏风，或指用云母作装饰的屏风。

⑫恹恹：病倦貌。

⑬意为门外檐马叮当，疑是心上人身上的环珮作响。

[双调]折桂令

过多景楼

滔滔春水东流。天阔云闲，树渺禽幽。山远横眉，波平消雪，月缺沉钩[①]。桃蕊红妆渡口，梨花白点江头。何处离愁？人别层楼[②]，我宿孤舟。

注释

①这三句意为：远处的山似眉黛一般，水面平静，积雪渐渐消融，缺月似沉钩。

②人别层楼：意为别人的分别不过像从一层楼到另一层楼那样近。

乔吉（？—1345），一作乔吉甫。字梦符（一作孟符），号笙鹤翁、惺惺道人，太原人，流寓杭州。善散曲，产量仅次于张可久，故二人并称为元散曲两大家。其散曲风格清丽，有词化的特征。作杂剧十一种，今存《两世姻缘》《金钱记》《扬州梦》三种。

［正宫］绿幺遍

自述

不占龙头选[①]，不入名贤传[②]。时时酒圣[③]，处处诗禅[④]。烟霞状元[⑤]，江湖醉仙。笑谈便是编修院[⑥]。留连，批风抹月四十年[⑦]。

注释

①龙头选：即状元榜。

②名贤传：收录名人贤者的册簿，是历代官修史书的重要组成部分。

③酒圣：豪饮之人。

④诗禅：诗道与禅道的并称。

⑤烟霞：即山水。

⑥编修院：即翰林院，编修国史的机关。唐宋以来文人以入翰林院编修国史为荣。

⑦批风抹月：即吟风弄月。

[中吕]山坡羊

冬日写怀[1]

冬寒前后，雪晴时候，谁人相伴梅花瘦？钓鳌舟，缆汀洲，绿蓑不耐风霜透。投至有鱼来上钩，风，吹破头；霜，皴破手。

注释

①这首曲写了一位寒江独钓的渔翁形象。但与柳宗元五绝《江雪》中描述的那位在雪中垂钓、脱俗傲世的渔翁不同，乔吉这里所写的渔翁则是困顿的、清苦的，带有更现实的意味。

[越调]小桃红

效联珠格[1]

落花飞絮隔朱帘，帘静重门掩。掩镜羞看脸儿嬱[2]，嬱眉尖。眉尖指屈将归期念。念他抛闪，闪咱少欠[3]。欠你病厌厌[4]。

注释

①联珠格：即连珠，又叫顶针、顶真、链式结构等。

是将前一句或前一节奏的尾字，作为后一句或后一节奏的首字，使两个音节或句子首尾相连，句句押韵，前后承接，产生上递下接的效果，形式别致。

②㜷 qiàn：美丽。

③闪咱少欠：意为恋人离开太久，让女子缺少很多温暖和关怀。

④欠：惦念。

[越调]天净沙

即事[①]

莺莺燕燕春春，花花柳柳真真[②]，事事风风韵韵[③]，娇娇嫩嫩，停停当当人人[④]。

注释

①乔吉以[天净沙·即事]为题作小令共四首，此为第四首，全以叠字组织，言简义丰，音律和谐。

②这两句用春天里的莺燕飞舞、花柳婆娑比喻女子的美好姿态。真真：用杜荀鹤《松窗杂记》故事：唐进士赵颜得一美人图，画工言说画上美人名真真，只要呼其名，一百天就会应声，并可复活。颜如其言，真真果出，与颜结合。后以“真真”

代指美女。

③事事风风韵韵：写女子的风韵姿态。

④停停当当人人：写女子体态优雅，完美妥帖。人人，即人儿。

［越调］凭阑人

金陵道中[1]

瘦马驮诗天一涯[2]，倦鸟呼愁村数家。扑头飞柳花，与人添鬓华[3]。

注释

①这首小令应是乔吉浪迹江南、行经金陵道中所作。曲中塑造了一个远离家乡、漂泊流离的诗人形象。聊聊数语，景中有情，情蕴于景。

②天一涯：即天一方，指诗人远离故园，漂泊他乡。

③鬓华：两鬓头发斑白。

［中吕］满庭芳

渔父词

扁舟棹短[1]。名休挂齿，身不属官。船头酒醒妻儿唤，笑语团圞[2]。锦画图芦香水暖，玉围屏雪急风酸。

清江畔。闲愁不管。天地一壶宽。

注释

①棹：船桨。

②團 luán：团聚，团圆。

［越调］小桃红

孙氏壁间画竹[①]

月分云影过邻东[②]，半壁秋声动。露粟枝柔怯栖风[③]。玉玲珑，不堪岁暮关情重。空谷乍寒，美人无梦，翠袖倚西风[④]。

注释

①这首曲子是题画诗。写竹而无一竹字，却通篇可见竹的风韵和神采。

②月分云影过邻东：此句化自张先［天仙子］名句“云破月来花弄影”。

③露粟：写露珠微小如粟。

④翠袖：青绿色的衣袖。泛指女子的装束。这里代指女子。

[双调]水仙子

咏雪

冷无香柳絮扑将来[①]，冻成片梨花拂不开[②]。大灰泥漫了三千界[③]，银棱了东大海[④]。探梅的心噤难捱[⑤]，面瓮儿里袁安舍[⑥]，盐堆儿里党尉宅[⑦]，粉缸儿里舞榭歌台[⑧]。

注释

①冷无香柳絮：以柳絮喻雪，加以嗅觉，形其表的同时又加以神韵。

②梨花：以梨花喻雪。

③大灰泥：亦指雪。

④银棱了东大海：指雪下得大，使大海像是被镶嵌了一层银。

⑤噤：牙齿打颤。捱：忍受。

⑥袁安舍：用“袁安卧雪”典：据《后汉书·袁安传》李贤注引晋周斐《汝南先贤传》：“时大雪积地丈余，洛阳令身出案行，见人家皆除雪出，有乞食者。至袁安门，无有行路。谓安已死，令人除雪入户，见安僵卧。问何以不出。安曰：‘大雪人皆饿，不宜干人。’令以为贤，举为孝廉。”后以“袁安舍”

指雪中贫士之门户。

⑦党尉宅：用党尉典。党尉即党进，北宋著名军事将领，他一到下雪天就闭门不出，在家中饮酒作乐。

⑧粉缸儿：形容雪下得很大，将舞榭歌台变成了粉缸。与前文“面瓮儿”“盐堆儿”用法相同。

［双调］清江引

有感[①]

相思瘦因人间阻，只隔墙儿住。笔尖和露珠，花瓣题诗句，倩衔泥燕儿将过去。

注释

①这是一支写相思的小令。写两个相恋的人，被人从中作梗而不得相见，只得以露珠和墨，花瓣题诗，请燕儿送传话语。寥寥数语，清丽可人。

［双调］水仙子

怨风情

眼中花怎得接连枝[①]，眉上锁新教配钥匙[②]，描笔儿勾销了伤春事[③]。闷葫芦刬断线儿[④]，锦鸳鸯别对了个雄雌[⑤]。野蜂儿难寻觅[⑥]，蝎虎儿干害死[⑦]，蚕蛹儿毕罢了相思。

注释

①眼中花：指意中人。连枝：即连理枝，喻恩爱夫妻。前有“怎得”二字，意二人已然分散。

②眉上锁新教配钥匙：意为因相思而愁眉不展，想为紧锁的愁眉配一把新钥匙打开它。

③描笔儿：女子描花之笔，也可以用来写信。此句意为，想提笔写封书信，了却这相思债。

④闷葫芦：指男子。此句意为，男子不声不响地断了联系。

⑤锦鸳鸯别对了个雄雌：意为恩爱夫妻有了另外的新欢。

⑥野蜂儿难寻觅：指男子像野蜂一样四处寻花问柳，难以寻到行迹。

⑦蝎虎儿干害死：指女子白白为不归的男子干害相思。蝎虎儿：即壁虎。张华《博物志》载：“蜥蜴或名蝘蜓，以器养之，食以朱砂，体尽赤。所食满七斤，治捣万杵，点女人肢体，终年不灭，惟房室事则灭，故又号守宫。”

[双调]雁儿落过得胜令

忆别

殷勤红叶诗，冷淡黄花市。清江天水笺[1]，白雁云烟字[2]。游子去何之？无处寄新词。酒醒灯昏夜，窗寒梦觉时。寻思，谈笑十年事；嗟咨[3]，风流两鬓丝。

注释

①清江天水笺：清湛的江水与天空相映，像是一幅巨大的诗笺。

②白雁云烟字：天空白雁成行，像是云烟写成的字。

③嗟咨：慨叹。

刘时中 号逋斋，古洪（今江西南昌）人。生平事迹不详。约元成宗大德中前后在世，官学士。工散曲，现存小令六十余支，套数三四首。或以为即刘致，字时中，号逋斋，曾任翰林待制。但刘致记载为石州宁乡（今山西中阳）人，时代亦稍早于刘时中。

［仙吕］醉中天

花木相思树[①]，禽鸟折枝图[②]。水底双双比目鱼[③]，岸上鸳鸯户。一步步金厢翠铺[④]。世间好处，休没寻思，典卖了西湖[⑤]。

注释

①相思树：又叫连理树。这里指各种花木茂盛簇拥，远远望去就像连理树相互依偎一样。

②折枝：国画花卉画法的一种，指弃根干而单绘上部的花叶，形同折枝，故名。

③比目鱼：鲽、鲆、鲽、鳎、舌鳎等鱼类的统称。旧说此鱼一目，须两两相并始能游行，故古代常用以比喻形影不离的情侣或朋友。

④金厢翠铺：用金子镶嵌，用翡翠铺就。厢，通“镶”。

⑤典卖了西湖：原句下有自注：“宋谚有‘典卖西湖’之语：台谏谓之‘卖了西湖’，既卖则不可复；省

院谓之‘典了西湖’，典犹可赎也。无官守言责，则无往不可，此古人所以轻视轩冕者欤？”

[双调]清江引[1]

春光荏苒如梦蝶[2]，春去繁华歇。风雨两无情，庭院三更夜，明日落红多去也。

注释

①此为惜春、伤春之作。作者用寥寥数语便勾勒出一幅春去落红的图画。

②荏苒：形容时光易逝。

[中吕]山坡羊

西湖醉歌次郭振卿韵

朝朝琼树，家家朱户[1]，骄嘶过沽酒楼前路[2]。贵何如？贱何如？六桥都是经行处[3]，花落水流深院宇。闲，天定许；忙，人自取。

注释

①朝朝琼树，家家朱户：这两句写西湖的繁华。琼树，生于昆仑西流沙之滨。朱户，大门是红色

的人家。古代须大户人家才有。

②沽酒：卖酒。沽，卖。

③六桥：指杭州西湖外湖苏堤上六桥：映波、锁澜、望山、压堤、东浦、跨虹。为苏轼在任时所建。

[双调]雁儿落过得胜令

送别

和风闹燕莺，丽日明桃杏。长江一线平，暮雨千山静。载酒送君行，折柳系离情。梦里思梁苑[1]，花时别渭城[2]。长亭，咫尺人孤另；愁听，阳关第四声。

注释

①梁苑：亦称梁园、兔园，汉梁孝王刘武修筑的园林，园内聚集着众多著名文士。

②渭城：即陕西咸阳，是古时长安人送别的场所。后代指分别的地点。

[双调]殿前欢[1]

醉颜酡[2]，太翁庄上走如梭[3]。门前几个官人坐，有虎皮驮驮[4]。呼王留唤伴哥[5]，无一个，空叫得喉咙破。人踏了瓜果，马践了田禾。

注释

①这首小令全用白描的手法，写出元朝官吏对民众的掠夺骚扰。

②醉颜酡：喝醉酒而满脸通红的样子。

③太翁：本指祖父或者曾祖父。这里是对年长者的尊称。

④虎皮驮驮：即装满东西的虎皮袋子。驮驮，厚实的样子。

⑤呼王留唤伴哥："王留""伴哥"皆为元曲中常用的农民的名字。

阿鲁威 字叔重，号东泉，人或以“鲁东泉”称之，蒙古人。至治年间官南剑太守，泰定年间任经筵官、参知政事。今存小令十九首。

[双调]蟾宫曲

问人间谁是英雄，有酾酒临江①，横槊曹公②。紫盖黄旗③，多应借得，赤壁东风。更惊起南阳卧龙④，便成名八阵图中⑤。鼎足三分，一分西蜀，一分江东⑥。

注释

①酾 shī 酒：滤酒。

②横槊：横持长矛。多用来形容气概豪迈。
曹公：指曹操。

③紫盖黄旗：指云气，古人附会为王者之气的象征。作者认为，虚幻的王气不足凭信，东吴之所以能建立王业，是因为赤壁之战，巧借东风，火烧曹军的战船，从而遏止了曹操的南下。

④南阳卧龙：即诸葛亮，他曾隐居南阳卧龙岗，徐庶称他为卧龙。

⑤八阵图：古代用兵的一种阵法。相传诸葛亮推演兵法，作八阵图。

⑥这三句指曹魏、东吴、西蜀三国鼎立。

[双调]湘妃怨

夜来雨横与风狂，断送西园满地香[①]。晓来蜂蝶空游荡，苦难寻红锦妆[②]。问东君归计何忙[③]？尽叫得鹃声碎，却教人空断肠。漫劳动送客垂杨[④]！

注释

①西园：泛指幽雅华美的花园、园林。

②红锦妆：原指女子华美的盛妆，这里比喻艳丽的鲜花。

③东君：司春之神。

④漫劳动送客垂杨：枉费你送我的垂杨柳。

[双调]蟾宫曲

动高吟楚客秋风，故国山河，水落江空。断送离愁，江南烟雨，杳杳孤鸿。依旧向邯郸道中[①]，问居胥今有谁封[②]？何日论文，渭北春天，日暮江东。

注释

①邯郸道：典出唐传奇《枕中记》，指求取功名富贵之路。

②居胥：狼居胥山的省称。西汉霍去病出代郡塞击溃匈奴，封狼居胥山。

王元鼎 生卒年不详，约与阿鲁威同时，曾为翰林学士。孙楷第先生《元曲家考略》认为他当为玉元鼎，原名阿鲁丁，西域人。今存小令七首，套数两套。

［正宫］醉太平

寒食[①]

声声啼乳鸦，生叫破韶华[②]。夜深微雨润堤沙，香风万家。画楼洗净鸳鸯瓦[③]，彩绳半湿秋千架。觉来红日上窗纱，听街头卖杏花[④]。

注释

①寒食：即寒食节，亦称“禁烟节”“冷节”“百五节”。清明节的前一日或两日。在这一天，禁烟火，只吃冷食，所以叫作“寒食节”。在后世的发展中逐渐增加了祭扫、踏青、秋千、蹴鞠等风俗。

②生：俗语。偏偏，硬是。

韶华：美好的时光。常指春光。

③画楼：雕饰华丽的楼房。鸳鸯瓦：指成对的瓦。

④化用陆游《临安春雨初霁》“小楼一夜听春雨，深巷明朝卖杏花”句。小令中以诗入曲之处很多，显示出王元鼎散曲典雅华丽的特点，这也是元散曲至中后期的普遍特色。

[越调]凭阑人

闺怨

垂柳依依惹暮烟，素魄娟娟当绣轩[①]。妾身独自眠，月圆人未圆。

注释

①素魄：月的别称。亦指月光。绣轩：指女子的闺房。

[正宫]醉太平

花飞时雨残，帘卷处春寒。夕阳楼上望长安，洒西风泪眼。几时睚彻凄惶限[①]？几时盼得南来雁？几番和月凭阑干！多情人未还。

注释

①睚彻：望彻。睚，眼角。

虞集（1272—1348），字伯生，号道园，世称邵庵先生。祖籍仁寿（今属四川），生于崇仁（今属江西），大德初到大都，官国子助教博士。后历任翰林待诏、翰林直学士兼国子祭酒。文宗时官至奎章阁侍书学士，与赵世炎等编纂《经世大典》。为当时诗文大家，与杨载、揭傒斯、范椁齐名，四人并称元诗四大家，《元史》有传。著有《道园学古录》。散曲作品今仅存小令一首。

[双调]折桂令

席上偶谈蜀汉事因赋短柱体[①]

鸾舆三顾茅庐[②]，汉祚难扶[③]，日暮桑榆[④]。深渡南泸，长驱西蜀，力拒东吴[⑤]。美乎周瑜妙术，悲夫关羽云殂。天数盈虚，造物乘除[⑥]。问汝何如，早赋归欤。

注释

①短柱体：词曲中“巧体”的一种，两字一韵，每句两韵或三韵，用韵过密，极难写就。

②鸾舆三顾茅庐：指刘备三次到隆中请隐居其中的诸葛亮出山辅佐他之事。鸾舆，即銮舆，皇帝乘坐的车子。

③汉祚难扶：刘汉皇权难以扶持。祚，皇位。

④日暮桑榆：指汉室日薄西山，衰不可起。桑榆，古人称傍晚夕阳的余晖落在桑树和榆树间。这里指暮年。

⑤这三句写诸葛亮晚年频繁出征事迹，即诸葛亮五月渡泸、南抚夷越、西和诸戎、北拒曹魏、力阻东吴等功业。

⑥造物：大自然。乘除：指此消彼长的变化。

薛昂夫 回鹘（今新疆）人，维吾尔族人。原名薛超兀儿，或薛超吾。汉姓马，字九皋，故亦称马昂夫、马九皋。先世内迁，居怀孟路（今属河南）。其祖官御史大夫，父官御史中丞。曾就学于宋遗民刘辰翁。能诗善书，曾与虞集、萨都剌唱和。今存小令六十五篇，套数三套。

［正宫］塞鸿秋

凌歊台怀古

凌歊台畔黄山铺[①]，是三千歌舞亡家处[②]。望夫山下乌江渡[③]，是八千子弟思乡去[④]。江东日暮云。渭北春天树[⑤]，青山太白坟如故[⑥]。

注释

①凌歊 xiāo 台：地名，在安徽当涂县西北五里。南朝宋高祖刘裕曾建离宫于此。

②是三千歌舞亡家处：指刘宋王朝三千粉黛，舞榭歌台，一朝倾覆。

③望夫山：在安徽当涂县西北四十里。乌江渡：在当涂县东北，与望夫山隔江相对，为当年项羽兵败自刎之处。

④八千子弟：指项羽所率八千江东子弟，南征北战，

击灭秦国，威震天下。然项羽兵败，八千子弟四散而去。

⑤江东日暮云，渭北春天树：出自杜甫《春日忆李白》：“白也诗无敌，飘然思不群。清新庾开府，俊逸鲍参军。渭北春天树，江东日暮云……”

⑥青山太白坟：青山在安徽当涂县东南。李白坟即在当涂县青山西麓。

[中吕]山坡羊

述怀

大江东去，长安西去，为功名走遍天涯路。厌舟车[①]，喜琴书[②]，早星星鬓影瓜田暮[③]。心待足时名便足。高，高处苦；低，低处苦。

注释

①舟车：南来北往的水陆旅途。

②琴书：琴与书。指书斋生活。

③星星鬓影：指两鬓斑白。瓜田暮：种瓜的邵平也到了暮年。邵平：秦时广陵人，封东陵侯，韩信被诛以后，刘邦派使者拜萧何为相国，众人皆贺，唯邵平独吊，劝萧何让封不受。这里用邵平种瓜之事喻弃官归隐。

[中吕]朝天子[1]

伯牙，韵雅，自与松风话[2]。高山流水淡生涯，心与琴俱化。欲铸钟期，黄金无价[3]。知音人既寡，尽他，爨下[4]，煮了仙鹤罢[5]。

注释

①薛昂夫作[朝天子]咏史组曲二十首。其题旨多为讽刺或批评。只此首为明确的赞扬之意。

②这一句写伯牙的琴声高雅，与松风和韵。伯牙：即俞伯牙，春秋时著名音乐家。

③欲铸钟期，黄金无价：意为钟期死后，伯牙想用黄金铸个钟期像放在身边，怎奈黄金无价。

④爨：灶。

⑤煮了仙鹤：意为把琴放在灶下作柴蒸煮仙鹤。焚琴煮鹤是古代高人雅士认为大煞风景之事。这里用以表明钟子期去后，俞伯牙感到生活索然无味，万念俱灰。

[双调]楚天遥过清江引[1]

屈指数春来，弹指惊春去[2]。蛛丝网落花，也要留春住。几日喜春晴，几夜愁春雨。六曲小山屏[3]，题遍伤春句。春若有情应解语，问着无凭据[4]。江东日暮云，渭北春天树[5]。不知那答儿是春住处[6]！

又

有意送春归，无计留春住。明年又着来[7]，何似休归去。桃花也解愁，点点飘红玉。目断楚天遥[8]，不见春归路。春若有情春更苦，暗里韶光度。夕阳山外山，春水渡傍渡。不知那答儿是春住处！

注释

①楚天遥过清江引：为双调带过曲。[楚天遥]与[清江引]同属北曲十七宫调之一的双调。作者采用这一带过曲，抒发伤春惜春的悲切之情。

②弹指：形容时间极短。

③六曲小山屏：六扇可折叠的画有小幅山水的屏风。

④问着无凭据：意为问春春也不回答。

⑤江东日暮云，渭北春天树：出自杜甫《春日忆李白》："渭北春天树，江东日暮云。何日一樽酒，重与细论文？"作者用杜甫原句，表达对远方友人的思念。

⑥那答儿：哪里、何处。元人口语。

⑦着：让、教。元人口语。

⑧楚天：古代楚国在今长江中下游一带，位居南方，所以泛指南方天空为楚天。

[双调]蟾宫曲

雪

天仙碧玉琼瑶[①]。点点杨花，片片鹅毛[②]。访戴归来[③]，寻梅懒去[④]，独钓无聊[⑤]。一个饮羊羔红炉暖阁[⑥]，一个冻骑驴野店溪桥。你自评跋[⑦]：那个清高？那个粗豪？

注释

①天仙碧玉琼瑶：这里喻雪似天上的碧玉琼瑶一般。琼瑶，美玉，这里喻雪。

②点点杨花，片片鹅毛：指雪似杨花点点，又似鹅毛片片。

③访戴归来：用王徽之访戴安道典。《世说新语·任诞》载：东晋王徽之尝居山阴（今浙江绍兴），忽然想起住在剡中（今浙江嵊州）的戴安道，于是在夜雪初霁、月色清朗的夜里，乘小舟去看望他，但却过门不入而返。人问其故。曰："乘兴而来，兴尽而返，何必见戴。"

④寻梅懒去：用孟浩然踏雪寻梅典。张岱《夜航船》记载，孟浩然情怀旷达，常冒雪骑驴寻梅，曰："吾诗思在灞桥风雪中驴背上。"

⑤独钓无聊：这是用柳宗元《江雪》"孤舟蓑笠翁，独钓寒江雪"的句意。

⑥羊羔：美酒名。

⑦跋：一般指写在书籍、文章、金石拓片等后面的短文，内容大多属于评介、鉴定、考释之类。此处指评价。

吴弘道 字仁卿（一说名仁卿，字弘道），号克斋。蒲阴（今河北安国）人。官江西省检校掾吏。曾著《金缕新声》《曲海丛珠》，今均不存。又曾汇编中州诸老书牍为一编，名《中州启札》。今存小令三十四首，套数四套。

[南吕]金字经[①]

落花风飞去，故枝依旧鲜。月缺终须有再圆。圆。月圆人未圆。朱颜变，几时得重少年。

注释

①这支小令在《乐府群珠》里题作“伤春”。或许是在伤春的同时意在感伤自己：月缺月圆总有时，但何时能再与友人团圆却是遥遥无期。

[双调]拨不断

闲乐[①]

泛浮槎[②]，寄生涯，长江万里秋风驾。稚子和烟煮嫩茶，老妻带月炰新鲊[③]。醉时闲话。

又

暮云遮，雁行斜，渔人独钓寒江雪。万木天寒冻欲折，一枝冷艳开清绝[4]。竹篱茅舍。

注释

①吴弘道共作四首[拨不断]《闲乐》，这是其中两首。

②浮槎：木筏。

③炰 páo：同“炮”。烧烤。鲊 zhǎ：经过加工的鱼类制品。

④冷艳：代指梅花。

赵善庆 一作赵孟庆，字文宝，一作文贤，饶州乐平（今属江西）人。善卜术，曾任阴阳教授。所作杂剧《教女兵》《七德舞》《醉写〈满庭芳〉》等八种，皆已失传。今存小令二十九首。

［中吕］普天乐

江头秋行

稻粱肥①，蒹葭秀②。黄添篱落③，绿淡汀洲④。木叶空，山容瘦。沙鸟翻风知潮候⑤，望烟江万顷沉秋。半竿落日，一声过雁，几处危楼⑥。

注释

①稻粱：稻谷和高粱。

②蒹葭：芦荻，芦苇。

③落：院落、村落。

④汀洲：水中小洲。

⑤沙鸟：指沙鸥。潮候：潮汐的高潮时刻。

⑥危楼：高耸的楼阁。危，高耸的样子。

[中吕]普天乐

秋江忆别

晚天长，秋水苍。山腰落日，雁背斜阳。璧月词[①]，朱唇唱，犹记当年兰舟上。洒西风，泪湿罗裳。钗分凤凰[②]，杯斟鹦鹉[③]，人拆鸳鸯[④]。

注释

①璧月词：艳歌。《陈书·张贵妃传》中有[玉树后庭花]曲："璧月夜夜满，琼树朝朝新。"

②钗分凤凰：将凤凰钗拆作两半。凤凰钗，饰以凤凰形的金钗。

③鹦鹉：即鹦鹉杯。用鹦鹉螺螺壳制成的纯天然的酒杯。

④人拆鸳鸯：意为成对的人被分开。

[中吕]山坡羊

长安怀古

骊山横岫[①]，渭河环秀[②]，山河百二还如旧[③]。狐兔悲，草木秋[④]；秦宫隋苑徒遗臭，唐阙汉陵何处有[⑤]？山，空自愁；河，空自流。

注释

①骊山横岫：骊山峰峦起伏横亘。骊山，在今西安附近的临潼县东南，因古骊戎居此得名。岫 xiù，峰峦。

②渭河环秀：渭水环绕秀丽。渭河，即渭水。黄河支流，由潼关汇入黄河，环绕长安。这两句写古都形势险峻，山河秀丽。

③山河百二还如旧：曾经秦国地势险峻，如今险要的山川形势依然未改。《史记·高祖本纪》："秦，形胜之国，带河山之险，县隔千里，持戟百万，秦得百二焉。地势便利，其以下兵于诸侯，譬犹居高屋之上建瓴水也。"

④狐兔悲，草木秋：狐兔伤心，草木悲秋。这里作者写昔日繁华的都城，如今狐跑兔走，草木丛生，荒芜颓败。

⑤秦宫、隋苑、唐阙、汉陵：均指历代统治者花费大量人力物力兴建的豪奢宫苑陵阙。

[越调]凭阑人

春日怀古①

铜雀台空锁暮云②，金谷园荒成路尘③。转头千载春，断肠几辈人。

注释

①此为怀古之作。铜雀台、金谷园，一为功名的象征，一为财富的典型。作者对此遗迹怀古，可谓对自古以来人们孜孜以求的名、利二事的慨叹。

②铜雀台：亦作“铜爵台”。在古邺城，即今河北临漳县。汉末建安十五年曹操所建，以纪念自己树立的功业。

③金谷园：指西晋富豪石崇于金谷涧中所筑的园馆。

［双调］折桂令

西湖

问六桥何处堪夸？十里晴湖，二月韶华。浓淡峰峦，高低杨柳，远近桃花。临水临山寺塔，半村半郭人家。杯泛流霞①，板撒红牙②。紫陌游人③，画舫娇娃④。

注释

①流霞：美酒名。

②红牙：用檀木所制成的拍板，以调节乐曲的节拍。

③紫陌：万紫千红的小路。陌，小路。

④画舫：华丽的游船。

[双调]折桂令

湖山堂[1]

八窗开水月交光。诗酒坛台，莺燕排场[2]。歌扇摇风，梨云飘雪[3]，粉黛生香。红袖台已更旧邦，白头民犹说新堂[4]。花妒幽芳，人换宫妆[5]。惟有湖山，不管兴亡。

注释

①湖山堂：此地不见于记载。元王举之[折桂令]《怀钱塘》小令有“记湖山堂上春行。花港观鱼，柳巷闻莺。一派湖光……”，可知湖山堂应在杭州西湖。

②莺燕：指歌女舞女。

③梨云飘雪：比喻歌女舞女的肌肤白皙。

④白头民：指南宋移民。新堂：指湖山堂新落成的样子。

⑤人换宫妆：指歌女们换了宫妆式样。将南宋时期的宫装换成了元时的时髦舞服。暗指江山易主。

马谦斋 生平事迹不详。张可久［天净沙］有“马谦斋园”一首，可知或与张可久同时。从其散曲作品中可以看出他曾于大都、上都等地为官，后退隐杭州。今存小令十七首。

［越调］柳营曲

叹世

手自搓，剑频磨，古来丈夫天下多。青镜摩挲[①]，白首蹉跎，失志困衡窝[②]。有声名谁识廉颇，广才学不用萧何[③]。忙忙的逃海滨，急急的隐山阿。今日个，平地起风波[④]。

注释

①青镜：青铜镜。摩挲：用手抚摸。

②衡窝：即衡门，指隐者所居的横木为门的简陋小屋。

③有声名谁识廉颇？广才学不用萧何：意为纵然声名才学如廉颇、萧何也无人问津。廉颇，战国时赵国名将，与白起、李牧、王翦并称“战国四大名将”。萧何，从汉高祖刘邦起兵反秦，刘邦即帝位后，萧何被封为丞相。

④风波：应指官场风波。

[双调]水仙子

咏竹

贞姿不受雪霜侵[①]，直节亭亭易见心[②]。渭川风雨清吟枕[③]，花开时有凤寻[④]。文湖州是个知音[⑤]。春日临风醉，秋宵对月吟[⑥]。舞闲阶碎影筛金[⑦]。

注释

①贞姿：指竹子年年苍翠，不受风霜侵蚀而变色。

②直节亭亭易见心：意为竹子中通外直，可以一眼看到底。

③渭川：即渭河。古代渭河流域盛产竹子。此句意为渭河两岸的竹子，在风雨夜晚伴着诗人构思作品。

④凤寻：有凤凰来寻找。传说竹子开花结实之时会引凤凰而来。《庄子·秋水》言凤凰“非梧桐不止，非练实（竹实）不食，非醴泉不饮”。

⑤文湖州：即宋代画家文同，字与可，擅长画竹，曾为湖州知州，故世称文湖州。

⑥春日临风醉，秋宵对月吟：这两句意为竹子在春日里像喝醉了酒似的迎风摇曳，在秋夜里似诗人一般对月吟唱。

⑦碎影筛金：意为月光从竹子枝叶间照射下来，像细碎的金子一样闪闪发亮。

[双调]沉醉东风

自悟

取富贵青蝇竞血，进功名白蚁争穴[①]。虎狼丛甚日休[②]？是非海何时彻[③]？人我场慢争优劣[④]。免使旁人做话说，咫尺韶华去也[⑤]。

注释

①取富贵青蝇竞血，进功名白蚁争穴：这两句用青蝇嗜血、白蚁争穴来形容贪婪、卑劣的官僚社会。

②虎狼丛：和下文“是非海”“人我场”均描绘黑暗的官场。甚日：何日。

③彻：完结，结束。

④慢：通“漫”。不要。

⑤咫尺韶华去也：指年华短暂，转眼即逝。去，消逝。

[双调]水仙子

雪夜

一天云暗玉楼台，万顷光摇银世界[①]，卷帘初见阑干外。似梅花满树开，想幽人冻守书斋[②]。孙康朱颜变[③]，袁安绿鬓改[④]，看青山一夜头白。

注释

①万顷光摇银世界：意为雪花纷纷而落，闪动着晶莹的光芒，世间变成了银茫茫的世界。

②幽人：隐居之人。

③孙康：晋代人，聪敏好学，然家贫无以照明，便在雪地里借着雪光读书。

④袁安：东汉大臣，曾于大雪天在陋屋安卧。绿鬓：青黑色的发鬓。

张可久 字小山（一作名伯远，字可久，号小山），庆元路（今浙江宁波鄞州区）人。曾做过路吏这样的下级官吏，后以路吏转首领官，又为桐庐典史，仕途上不得志。曾漫游江南，晚年居于杭州。散曲成就突出，现存作品有小令八百五十五首，套数九套，为元代传世散曲最多的作家，占现存全元散曲的五分之一。其散曲在元代即受到广泛欢迎，当时已有《今乐府》《苏堤渔唱》《吴盐》三种行于世，与乔吉并称元散曲两大家，并与张养浩合为“二张”。

[黄钟]人月圆

会稽怀古[①]

林深藏却云门寺[②]，回首若耶溪[③]。苧萝人去[④]，蓬莱山在[⑤]，老树荒碑。神仙何处，烧丹傍井[⑥]，试墨临池[⑦]。荷花十里，清风鉴水，明月天衣。

注释

①会稽：今浙江省绍兴市。

②云门寺：在今浙江省绍兴市南云门山上。

③若耶溪：在浙江省绍兴市南若耶山下，北流入运河。相传为越国西施浣纱处，故又称浣纱溪。

④苧萝：即苧萝山，为会稽山余脉，是西施出生之地。

苎萝人去，指西施离开越国。

⑤蓬莱山：神山名。传说为神仙居住之所，在海中。

⑥烧丹傍井：即“傍井烧丹”。在井边炼制丹药。

⑦试墨临池：即“临池试墨”。晋书法家王羲之在永嘉年间，常临池练字，池水因此变黑。

[黄钟]人月圆

山中书事

兴亡千古繁华梦，诗眼倦天涯[①]。孔林乔木，吴宫蔓草，楚庙寒鸦[②]。数间茅舍，藏书万卷，投老村家[③]。山中何事，松花酿酒，春水煎茶。

注释

①诗眼：即诗人的观察力。

②孔林：孔子及其后裔的墓地，在今山东曲阜城北。

吴宫：吴王夫差为西施所建的宫殿，名曰馆娃宫。

楚庙：楚国的宗庙。

这三句意为不管是像孔子那样的圣贤，还是吴王成就的霸业，又或者是楚国那样的社稷，经过岁月洗礼，不过只剩下乔木、蔓草以及寒鸦数只而已。

③投老：到老。

[黄钟]人月圆

春晚次韵[①]

萋萋芳草春云乱，愁在夕阳中。短亭别酒[②]，平湖画舫，垂柳骄骢[③]。一声啼鸟，一番夜雨，一阵东风。桃花吹尽，佳人何在，门掩残红[④]。

注释

①次韵：古体诗词写作的一种方式。按照原诗的韵和用韵的次序来和诗。张可久这首小令系和何人之作，已不可知。小令写作者在暮色降临之时来到送别之地，睹物思人，触景生情。

②短亭：离城五里的亭子。旧时城外大道旁，五里设短亭，十里设长亭，为行人休憩或送行饯别之所。

③骄骢：健壮的骢马。泛指骏马。这里三句中的“短亭”“平湖”以及“画舫”均为作者与伊人离别时候的景物，如今景物犹存，然伊人已不见。

④这三句化用崔护《题都城南庄》：“去年今日此门中，人面桃花相映红。人面不知何处去，桃花依旧笑春风。”

[黄钟]人月圆

雪中游虎丘[1]

梅花浑似真真面[2]，留我何阑杆。雪晴天气，松腰玉瘦，泉眼冰寒。兴亡遗恨，一丘黄土，千古青山。老僧同醉，残碑休打[3]，宝剑羞看[4]。

注释

①虎丘：山名。在江苏省苏州市西北，亦名海涌山，据《史记》载吴王阖闾葬于此，传说葬后三日有“白虎蹲其上”，故名。此曲通过雪中游虎丘之事，抒发兴亡之感、失意之叹以及壮志难酬之悲怨。

②真真：美女名。

③残碑休打：即残碑休拓。拓碑，将石碑上的字用墨拓下来，以便阅读。

④宝剑：据《吴越春秋·阖闾内传》记载，吴王阖闾有干将、莫邪、湛卢等宝剑。

[黄钟]人月圆

客垂虹[1]

三高祠下天如镜[2]，山色浸空蒙。莼羹张翰[3]，渔舟范蠡[4]，茶灶龟蒙[5]。故人何在，前程那里[6]，心事谁同？黄花庭院[7]，青灯夜雨，白发秋风。

注释

①垂虹：即垂虹桥，在江苏吴江东，本名利往桥，因上有垂虹亭，故名。桥有七十二洞，宋庆历八年建。初为木桥，元泰定年间易木为石，改建为联拱石桥。这首小令是作者客居吴江，凭吊三位高士的遗迹所作。

②三高祠：在吴江垂虹桥东，为纪念三位高士（即越国范蠡、晋朝张翰、唐代陆龟蒙）所建。这三人均在官高位显之时，急流勇退，是为高士。其中张、陆二人均为吴人，范蠡则由姑苏入“五湖”，故吴地后人建“三高祠”纪念他们。

③莼羹张翰：《晋书·张翰传》载：“张翰，字季鹰，吴郡吴人也。……为大司马东曹掾。……因见秋风起，乃思吴中菰菜、莼羹、鲈鱼脍，曰：‘人生贵得适志，何能羁宦数千里，以邀名爵乎！’遂命驾而归。”

④渔舟范蠡：范蠡助越王勾践灭吴称霸后，知勾践只可共患难不可同富贵，“乃乘扁舟浮于江湖，变名易姓”。

⑤茶灶龟蒙：陆龟蒙曾任苏、湖二郡从事，后隐居松江浦里，“不喜与流俗交，虽造门不肯见。不乘

马，升舟设蓬席，赍束书、茶灶、笔床、钓具往来。时谓‘江湖散人’，或号‘天随子’‘甫里先生’”。

⑥那里：哪里。

⑦黄花庭院：菊花已经开满庭院。

[黄钟]人月圆

春日湖上[①]

小楼还被青山碍，隔断楚天遥[②]。昨宵入梦，那人如玉，何处吹箫？门前朝暮，无情秋月，有信春潮[③]。看看憔悴，飞花心事，残柳眉梢[④]。

注释

①此为张可久寓居西湖时写的一首抒情小令。借暮景而抒发怀念远人的愁思。

②隔断楚天遥：因为青山隔断了视线，不能看到遥远的楚天。

③门前朝暮，无情秋月，有信春潮：这三句意为门前朝朝暮暮与我相对的，只有毫无情意的秋月和按约而至的春潮。

④飞花心事，残柳眉梢：这两句意为心事忧愁不定，似飞花一般；双眉紧锁不展，恰如残柳。

[正宫]醉太平

怀古

翩翩野舟,泛泛沙鸥[1]。登临不尽古今愁,白云去留。凤凰台上青山旧[2],秋千墙里垂杨瘦[3],琵琶亭畔野花秋[4]。长江自流。

注释

①这两句里的“野舟”“沙鸥”,既为作者眼前真实景物,同时又是自己的化身,形容自己似来往不息的野舟,又似漂泊不定的沙鸥。

②凤凰台上青山旧:化用李白《登金陵凤凰台》“凤凰台上凤凰游,凤去台空江自流”句。

③秋千墙里垂杨瘦:化自苏轼[蝶恋花]:“墙里秋千墙外道,墙外行人,墙里佳人笑。”

④琵琶亭畔野花秋:白居易被贬九江时曾作《琵琶行》,有“同是天涯沦落人,相逢何必曾相识”句。后人便在九江筑琵琶亭纪念他。

此句和前面两句中化用的诗词作者李白、苏轼、白居易,均政治失意,才华难展,作者这里化用,用意深刻。

[南吕]金字经

雪夜

犬吠村居静，鹤眠诗梦清。老树冰花结水精[①]。明，月临不夜城[②]。扁舟兴[③]，小窗何处灯？

注释

①水精：即水晶，雪落在树上结晶而冰，如水晶一般晶莹。

②不夜城：城市灯火通明，照亮如白昼。

③扁舟兴：用晋人王徽之雪夜访戴典。

[中吕]满庭芳

金华道中[①]

营营苟苟，纷纷扰扰，莫莫休休。厌红尘拂断归山袖，明月扁舟[②]。留几册梅诗占手[③]，盖三间茅屋遮头。还能够：牧羊儿肯留，相伴赤松游[④]。

注释

①金华：元时称婺州，为婺州路治所，是浙江西南的交通枢纽。

②扁舟：此处暗用范蠡归隐之后乘舟浮游的典故。

③梅诗：咏梅之诗。

④赤松：即赤松子，一说为上古时期的仙人，一说为晋代得道成仙的皇初平。此处应指皇初平。晋葛洪《神仙传》载：丹溪人皇初平十五岁时外出牧羊，被道士携至金华山石室中，四十余年不复念家。后其兄皇初起寻至山中，从初平学道“共服松脂、茯苓，至五百岁，……初平改字为赤松子，初起改字为鲁班”。

［中吕］迎仙客

秋夜

雨乍晴，月笼明。秋香院落砧杵鸣[①]。二三更，千万声，捣碎离情。不管愁人听。

注释

①砧杵鸣：砧杵敲击作响。砧，捶或砸东西时垫在底下的器具。杵，一头粗一头细的圆木棒，用来在臼里捣粮食或洗衣服时捶衣服。这里砧杵作响，应是闺中思妇为远征的丈夫准备寒衣，暗含相思离别之意。

[中吕]普天乐

西湖即事

蕊珠宫，蓬莱洞①。青松影里，红藕香中②。千机云锦重③，一片银河冻④。缥缈佳人双飞凤，紫箫寒月满长空⑤。阑干晚风，菱歌上下⑥，渔火西东⑦。

注释

①蕊珠宫：亦称“蕊宫”，道教传说中的天宫。蓬莱洞：传说中海上的仙山。这里用蕊珠宫和蓬莱洞比喻西湖的美好。

②青松影里，红藕香中：这两句写“西湖十景”之中的“九里云松”和“曲院风荷”。

③千机云锦重：形容晚霞之多之美，就如千百张机织出来的云锦那样。

④一片银河冻：晚霞散尽后，天空中剩下银河一片清冷的光辉。

⑤缥缈佳人双飞凤，紫箫寒月满长空：这两句用萧史、弄玉传说。传说萧史善吹箫，能致孔雀白鹤于庭，秦穆公将喜爱吹箫的女儿弄玉嫁给他。萧史日教弄玉吹萧作凤鸣，后凤凰来集其屋。穆公筑凤台，使萧史夫妇居其上，数年后，弄玉乘凤，萧史乘龙，升天而去。

⑥菱歌：采莲人所唱之歌。

⑦渔火：渔船上的灯火。

[中吕]普天乐

秋怀

会真诗[①]，相思债。花笺象管[②]，钿盒金钗[③]。雁啼明月中，人在青山外[④]。独上危楼愁无奈。起西风一片离怀。白衣未来[⑤]，东篱好在[⑥]，黄菊先开。

注释

①会真诗：指情诗。唐元稹有《会真诗三十韵》，写一对青年男女自由结合的故事，与他的传奇《莺莺传》为同一内容。因此人们将情诗又称为“会真诗”。

②花笺：精致华美的笺纸。象管：象牙制的笔管。亦指珍贵的毛笔。

③钿盒：亦作“钿合”。镶嵌金、银、玉、贝的首饰盒子。与金钗一起，俱为定情信物的象征。白居易《长恨歌》有：“唯将旧物表深情，钿合金钗寄将去。”

④人在青山外：化自欧阳修[踏莎行]“平芜尽处是春山，行人更在春山外”。

⑤白衣：指僮仆。

⑥东篱：晋陶潜《饮酒》之五："采菊东篱下，悠然见南山。"后因以指种菊之处。

[中吕]喜春来

金华客舍

落红小雨苍苔径，飞絮东风细柳营[1]。可怜客里过清明。不待听[2]，昨夜杜鹃声。

注释

①细柳营：汉周亚夫为将军，治军谨严，驻军细柳，号细柳营。后称严整的军营为"柳营"。这里借柳营之名写春风杨柳的景致，与前文"苍苔径"相对。

②不待听：不忍听。

[中吕]山坡羊

闺思

云松螺髻[1]，香温鸳被[2]，掩春闺一觉伤春睡。柳花飞，小琼姬[3]，一声"雪下呈祥瑞"，团圆梦儿生唤起[4]。"谁，不做美？呸，却是你！"

注释

①云松螺髻：指发髻高挽，蓬松如乌云，盘旋如螺壳状。

②香：指体香。这里代指身体。

③琼姬：传说中芙蓉城的仙女，后多指美女。这里指女主人的小丫头。

④团圆梦儿生唤起：意指小丫头的一声惊呼，生生将女主人的团圆梦吵醒。

［中吕］满庭芳

春思

愁斟玉斝[①]，尘生院宇[②]，弦断琵琶。相思瘦的人来怕，梦绕天涯[③]。何处也雕鞍去马[④]？有心哉归燕来家[⑤]。鲛绡帕[⑥]，泪痕满把，人似雨中花。

注释

①玉斝 jiǎ：用玉制成的酒器。斝，古代酒器。圆口、平底、三足。

②尘生院宇：此句化用刘方平《春怨》“寂寞空庭春欲晚，梨花满地不开门”之意。

③梦绕天涯：此句化用赵令畤［乌夜啼·春思］“重门不锁相思梦，随意绕天涯”。

④何处也雕鞍去马：意为雕鞍去马之何处。即心上人骑马而去，到了哪里。

⑤有心哉归燕来家：意为燕子有心双双归来。

⑥鲛绡：传说中鲛人所织的绡。亦借指薄绢、轻纱。

[中吕]卖花声

怀古

美人自刎乌江岸①，战火曾烧赤壁山②，将军空老玉门关③。伤心秦汉，生民涂炭④，读书人一声长叹。

注释

①美人自刎乌江岸：言霸王别姬之事。

②战火曾烧赤壁山：指吴蜀联手破曹的赤壁之战。

③将军空老玉门关：指班超投笔从戎事。

④“伤心秦汉”句：意为前文所言英雄美人、轰烈战绩均载于史册，而普通百姓之兴亡，却鲜见于史。

[中吕]红绣鞋

秋望

一两字天边白雁①，百千重楼外青山。别君容易寄书难。柳依依花可可[2]，云淡淡月弯弯。长安迷望眼[3]。

注释

①一两字天边白雁：指雁飞成行，似在天空写字。

②可可：模糊、隐约貌。

③长安迷望眼：意为长安遥远难以望见，只看见烟雾飘渺，视线也被模糊。

[双调]庆东原

次马致远先辈韵九篇[1]

山容瘦，木叶凋。对西窗尽是诗材料。苍烟树杪[2]，残雪柳条，红日花梢。他得志笑闲人，他失脚闲人笑[3]。

注释

①马致远活动年代早于张可久，其散曲成就突出。张可久作九支[庆东原]，题为“次马致远先辈韵九篇”，表达对马致远的钦佩之意。此为最末一首。

②杪：树枝的末梢。

③“他得志”句：重复对世俗庸人的讽刺，这些俗人是不能领会西窗外无尽的诗情画意的。

[双调]水仙子

秋思

天边白雁写寒云①，镜里青鸾瘦玉人②，秋风昨夜愁成阵。思君不见君，缓歌独自开樽③。灯挑尽，酒半醺，如此黄昏。

注释

①天边白雁写寒云：意为白雁在空中或排成“一”字，或排成“人”字，像在写字一般。

②镜里青鸾瘦玉人：意为女子对镜自怜，犹如青鸾对镜一般。鸾，传说中类似凤凰的一种鸟，喜欢对镜而舞。故后世称镜为青鸾。

③开樽：开樽独酌。

[双调]殿前欢

离思

月笼沙①，十年心事付琵琶。相思懒看帏屏画②，人在天涯。春残豆蔻花③，情寄鸳鸯帕④，香冷荼蘼架⑤。旧游台榭⑥，晓梦窗纱。

注释

①月笼沙：化自杜牧《泊秦淮》"烟笼寒水月笼沙，夜泊秦淮近酒家"。

②帏屏：帷帐和屏风。

③豆蔻：一种形似芭蕉的草本植物。夏初开花，故而作者谓春残。

④鸳鸯帕：绣有鸳鸯的巾帕。

⑤荼蘼：亦作酴醾。荼蘼在春末夏初开花，凋谢后即表示花季结束，所以有完结的意思。

⑥旧游台榭：化自晏殊[浣溪沙]"去年天气旧亭台"句。

[双调]折桂令

西陵送别①

画船儿载不起离愁②。人在西陵，恨满东州③。懒上归鞍，慵开泪眼④，怕倚层楼⑤。春去春来，管送别依依岸柳。潮生潮落，会忘机泛泛沙鸥⑥。烟水悠悠，有句相酬⑦，无计相留。

注释

①西陵：元代无此地名，或为西陵渡，在今浙江杭州萧山区。

②画船儿载不起离愁：化自李清照［武陵春］“只恐双溪蚱蜢舟，载不动许多愁”句。

③东州：指琅琊（今山东临沂市北）一带。或为作者友人即将远行之所。

④慵：困倦，懒得动。这里指黯然伤神之时，泪眼模糊，双眼难睁。

⑤层楼：高楼。

⑥忘机：指毫无巧诈之心，淡泊名利，与世无争。

⑦相酬：酬和，用诗词作答。

［双调］殿前欢

爱山亭上

小阑干，又添新竹两三竿。倒持手版揸颐看[①]，容我偷闲。松风古砚寒[②]，藓土白石烂[③]，蕉雨疏花绽。青山爱我，我爱青山。

注释

①倒持手版：把手版倒着拿。手版，官员用物。揸 zhī 颐：用手支着脸颊。揸，支撑。颐，颊，腮。

②松风古砚寒：意为静听松涛，不觉古砚也生寒意。

③藓土白石烂：长满苔藓的石头上，一片烂漫。

[双调]折桂令

村庵即事[①]

掩柴门啸傲烟霞[②]，隐隐林峦，小小仙家。楼外白云，窗前翠竹，井底朱砂[③]。五亩宅无人种瓜[④]，一村庵有客分茶[⑤]。春色无多，开到蔷薇，落尽梨花。

注释

①村庵：即农村中的小屋（旧时文人的书斋亦称庵）。

②柴门：用柴门做的门。借指陋室。

③井底朱砂：炼丹井底的朱砂。道家炼丹，需要用朱砂铅汞配制其他药物，在炉中烧炼而成。古代隐士多信奉道教，故而炼丹亦成为隐士生涯的标志。井，即丹井，或称丹鼎，用来装药炼丹的井状的容器。

④五亩宅：是古人心中的普通之家。出自《孟子》：“五亩之宅，树之以桑。”种瓜：用秦东陵侯邵平故事，秦亡后，他隐居长安城东种瓜。

⑤分茶：古代待客礼仪。后又成为与“煎茶”不同的茗茶之法。

[双调]清江引

秋怀[1]

西风信来家万里，问我归期未？雁啼红叶天，人醉黄花地，芭蕉雨声秋梦里。

注释

①这首题为“秋怀”的小令，作者用寥寥数语，写了西风、北雁、红叶、黄花、芭蕉、雨声等意象，用来点缀萧瑟的秋景。同时，作者在这样的秋景中抒发了自己功名未就、辗转反侧的愁思。句句绕秋景，字字扣秋怀。情融于景，情景相生。

[越调]凭阑人

湖上[1]

远水晴天明落霞。古岸渔村横钓槎。翠帘沽酒家。画桥吹柳花。

注释

①这是一首写景之作。全曲共四句二十四字，却由远及近，由大到小写了远水、晴天、落霞、古岸、

渔村、钓槎、翠帘、酒家、画桥、柳花共十样景物。形象不仅密集而且特征鲜明。

[越调]天净沙

湖上送别[1]

红蕉隐隐窗纱[2]，朱帘小小人家。绿柳匆匆去马。断桥西下，满湖烟雨愁花。

注释

①写作者远行，与送别者惜别时的离情别绪。

②红蕉：美人蕉。

[越调]凭阑人

江夜

江水澄澄江月明[1]，江上何人掐玉筝[2]？隔江和泪听，满江长叹声。

注释

①澄澄：水静而清的样子。

②掐 chōu：弹拨（乐器）。

［商调］梧叶儿

春日郊行

长空雁，老树鸦，离思满烟沙[1]。墨淡淡王维画，柳疏疏陶令家[2]，春脉脉武陵花[3]。何处游人驻马？

注释

①烟沙：云雾迷离的沙滩。

②陶令：陶渊明，他曾任彭泽县令。

③脉脉：含情微视的样子。武陵花：陶渊明《桃花源记》中有武陵桃花。这里借指春色。

任昱 字则明，四明（今浙江宁波）人。与张可久、曹明善同时。少时喜狎游，作不少散曲作品流传于歌妓间。晚年锐意读书，工七言诗。今存小令五十九首，套数一套。

[中吕]上小楼

隐居

荆棘满途[1]，蓬莱闲住[2]。诸葛茅庐，陶令松菊，张翰莼鲈[3]。不顺俗，不妄图，清高风度。任年年落花飞絮。

注释

①荆棘：多刺的灌木丛。这里用荆棘比喻世道艰难，犹如荆棘遍地丛生，让人寸步难行。

②蓬莱：借指隐居之所。

③“诸葛茅庐”句：分写诸葛亮躬耕于南阳的茅庐，陶渊明隐居于南山种菊，张翰弃官于家乡享受莼羹鲈鱼。

[双调]沉醉东风

信笔

有待江山信美[①],无情岁月相催。东里来[②],西邻醉,听渔樵讲些兴废。依旧中原一布衣[③],更休想麒麟画里[④]。

注释

①信美:真正很美。

②东里:东边的邻里。与下文"西邻"互文见义,讲的是同左邻右舍的往还。

③依旧中原一布衣:改用马致远[金字经]"困煞中原一布衣"句。

④麒麟画:汉宣帝时曾画功臣之像于麒麟阁。后以"麒麟画"喻功勋卓著。

[南吕]金字经

重到湖上

碧水寺边寺[①],绿杨楼外楼[②]。闲看青山云去留。鸥,飘飘随钓舟。今非旧,对花一醉休[③]。

注释

①寺边寺：出自杜牧《江南春》："南朝四百八十寺，多少楼台烟雨中。"

②楼外楼：出自宋林升《题临安邸》："山外青山楼外楼，西湖歌舞几时休。"

③休：罢了。指面对美人一醉方休。

钱霖 字子云，后为道士，更名抱素，号素庵，松江（今上海）人。晚年居嘉兴，自号泰窝道人。有词集《渔樵谱》、曲集《醉边余兴》，皆佚。今存小令四首，套数一套。

［双调］清江引

梦回昼长帘半卷，门掩荼蘼院。蛛丝挂柳棉[①]，燕嘴粘花片，啼莺一声春去远。

注释

①柳棉：即柳絮。

徐再思 字德可，号甜斋，嘉兴（今属浙江）人。曾任嘉兴路吏，与张可久、贯云石等约为同时代人。散曲作品多写自然景物及闺情。风格清丽，注重技巧。今人任讷将其散曲与贯云石（号酸斋）作品合辑，名为《酸甜乐府》，得其小令一百零三首。

[黄钟]人月圆

甘露怀古[①]

江皋楼观前朝寺[②]，秋色入秦淮[③]。败垣芳草[④]，空廊落叶，深砌苍苔[⑤]。远人南去[⑥]，夕阳西下，江水东来。木兰花在，山僧试问，知为谁开[⑦]？

注释

①甘露：即甘露寺，在今江苏省镇江市北固山后峰。相传建于三国东吴甘露元年，后屡毁屡建。

②江皋楼：指甘露寺一带的楼阁，如清晖亭、江声阁、多景楼、祭江亭等。

③秦淮：即秦淮河。这里借指江南地区。

④垣：矮墙。

⑤深砌苍苔：高高的台阶下长满苍苔。

⑥远人：从远方来此地游览的人。

⑦知为谁开：化用姜夔[扬州慢]“念桥边红药，年年知为谁生”句。

[双调]蟾宫曲

春情

平生不会相思，才会相思，便害相思。身似浮云，心如飞絮，气若游丝[1]。空一缕余香在此[2]，盼千金游子何之[3]。证候来时[4]，正是何时？灯半昏时，月半明时。

注释

①游丝：空中飘浮的蛛丝。这里三句均指少女相思成疾，气息微弱。

②余香：比喻少女的情思，如一缕余香一般飘忽不定，绵绵不绝。

③何之：到哪里去。之，到。

④证候：即“症候”。这里指相思的痛苦。

[双调]水仙子

夜雨

一声梧叶一声秋。一点芭蕉一点愁。三更归梦三更后。落灯花棋未收，叹新丰逆旅淹留[1]。枕上十年事，江南二老忧[2]，都到心头。

注释

①新丰：在今陕西临潼县北。汉高祖刘邦定都关中后，将父亲接至家中，然而其父太公思归故里，乃仿丰县街巷格式改筑骊邑，并迁来丰民，故称新丰。此后，新丰成为触发思乡之地。逆旅：旅店。逆，古语为迎接。旅，旅人。故逆旅引申为旅店的意思。

②二老：双亲。

[双调]清江引

相思[1]

相思有如少债的[2]，每日相催逼。常挑着一担愁，准不了三分利[3]。这本钱见他时才算得。

注释

①这首小令作者借讨债人的心态，写男女相思之苦，穷形尽相。后人将此曲与他的[蟾宫曲]《春情》并比，称“得相思三昧”。

②少债的：欠债的。

③准不了：抵不了，偿还不了。

[双调]沉醉东风

春情

一自多才间阔[1]，几时盼得成合[2]？今日个猛见他门前过。待唤着怕人瞧科[3]。我这里高唱当时水调歌[4]，要识得声音是我。

注释

①多才：女子对恋人的称呼。间阔：长时间的离隔。

②成合：即结合。

③瞧科：瞧见，察觉。元杂剧中角色人物的动作称科。

④水调歌：《碧鸡漫志》载：隋炀帝开凿汴河时，曾制《水调歌》。唐时演为大曲，其歌头称为《水调歌头》，此处的《水调歌》当指《水调歌头》。

[中吕]阳春曲

皇亭晚泊[1]

水深水浅东西涧，云去云来远近山[2]。秋风征棹钓鱼滩[3]，烟树晚[4]，茅舍两三间。

注释

①皇亭：元时无此地名。《元散曲选注》称："疑当作

皋亭，因形近而误。皋亭在杭州西北。”

②这两句化用白居易《寄韬光禅师》“东涧水流西涧水，南山云起北山云”句。

③征棹：指远行的船。

④烟树：云烟缭绕的树木、丛林。

[双调]水仙子

春情[①]

九分恩爱九分忧，两处相思两处愁，十年迤逗十年受[②]。几遍成几遍休，半点事半点惭羞。三秋恨三秋感旧，三春怨三春病酒，一世害一世风流。

注释

①这是一首以女子近乎呢喃、絮叨的口吻写就的闺怨令曲，通篇数量词的反复使用，酷似女子喋喋不休的倾诉。

②迤逗：挑逗，引诱。受：指承受相思的缠绕。

[中吕]朝天子

西湖

里湖，外湖[①]，无处是无春处。真山真水真画图，一片玲珑玉。宜酒宜诗，宜晴宜雨。销金锅、锦绣窟[2]。老苏[3]，老逋[4]，杨柳堤梅花墓[5]。

注释

①里湖、外湖：西湖以苏堤为界分为里湖和外湖。

②销金锅：《武林旧事》载："西湖景，朝昏晴雨皆宜，杭人亦无时不游，而春游特盛，日糜金钱，靡有既极，故杭谚有'销金锅儿'之号。"锦绣窟：比喻西湖如衣锦披绣的窟穴。

③老苏：指苏轼。

④老逋：指林逋。

⑤杨柳堤：苏轼任杭州刺史时，曾主持疏浚西湖，筑堤于上，称"苏堤"，因堤上杨柳成荫，故又称杨柳堤。梅花墓：林逋晚年隐居西湖孤山，终身不娶，以梅花、仙鹤为伴，人称"梅妻鹤子"；后人又称其为"和靖先生"，梅花墓又称和靖墓。

［仙吕］一半儿

病酒

昨宵中酒懒扶头[1]，今日看花惟袖手[2]，害酒愁花人问羞。病根由，一半儿因花一半儿酒。

注释

①扶头：扶头酒，易醉之酒。

②花：喻美人。

孙周卿 古邠（今陕西彬县）人，一说汴京（今河南开封）人。曾做官，后流寓湖南。散曲今存小令二十三首。

[双调]水仙子

舟中

孤舟夜泊洞庭边，灯火青荧对客船[①]，朔风吹老梅花片[②]。推开篷雪满天，诗豪与风雪争先[③]。雪片与风鏖战[④]，诗和雪缴缠[⑤]，一笑琅然[⑥]。

注释

①青荧：青色而微弱的灯光。

②朔风：北风、寒风。

③诗豪：写诗的豪情。

④鏖战：激战、苦战。

⑤缴缠：纠缠。

⑥琅然：形容声音响亮。

[双调]蟾宫曲

自乐[①]

草团标正对山凹[②]。山竹炊粳[③]，山水煎茶。山芋山薯，山葱山韭，山果山花。山溜响冰敲月牙[④]，扫山云惊散林鸦。山色元佳[5]，山景堪夸，山外晴霞，山下人家。

注释

①此曲为嵌字体，每句嵌“山”字。

②草团标：圆形的茅草屋。

③山竹炊粳：用山间的野竹做饭。炊，烧火做饭。粳，稻的一种，黏性强。

④山溜响冰敲月牙：意为山泉叮咚，似冰敲月牙般。山溜，山间流水。

⑤元佳：美好。元，善。

唐毅夫 约元仁宗延祐中前后在世。工散曲。

[双调]殿前欢

大都西山[①]

冷云间，夕阳楼外数峰闲。等闲不许俗人看。雨髻烟鬟，倚西风十二阑。休长叹，不多时暮霭风吹散。西山看我，我看西山。

注释

①大都西山：即北京西山。

顾德润 字君泽（一作均泽），号九山（一作九仙），松江（今上海）人。曾任杭州路吏。曾自刊《九山乐府》《诗隐》二集售于市肆。现存小令八首，套数二套。

［中吕］醉高歌过摊破喜春来

旅中

长江远映青山，回首难穷望眼。扁舟来往蒹葭岸，人憔悴云林又晚。篱边黄菊经霜暗，囊底青蚨逐日悭[①]。破清思晚砧鸣[②]，断愁肠檐马韵[③]，惊客梦晓钟寒。归去难，修一缄[④]，回两字寄平安。

注释

①囊底青蚨逐日悭：意为口袋里的钱越来越少了。青蚨，铜钱。悭，缺少。

②晚砧：夜晚的砧声。

③檐马韵：檐下铁马的声音。马，铁马，即檐铃。

④修一缄：写一封信。缄，封口。

［越调］黄蔷薇过庆元贞

御水流红叶[①]

步秋香径晚，怨翠阁衾寒。笑把霜枫叶拣，写罢衷情兴懒。几年月冷倚阑干，半生花落盼天颜[②]，九重云锁隔巫山[③]。休看！作等闲，好去到人间。

注释

①用“红叶题诗”故事，抒发自己追求功名未得而心灰意冷退隐民间的心情。

②天颜：帝王的容颜。

③巫山：喻男女之情。

曹德 字明善，衢州（今浙江衢市）人。曾任衢州路吏，山东宪吏。后至元五年在都下作曲讥讽权贵伯颜擅自专权、滥杀无辜，为伯颜缉捕，乃逃吴中。数年后伯颜事败，方又入京。现存小令十八首。

[双调]折桂令

江头即事

问城南春事何如？细草如烟，小雨如酥。不驾巾车[①]，不拖竹杖[②]，不上篮舆[③]。著二日将息蹇驴[④]，索三杯分付奚奴[⑤]。竹里行厨，花下提壶。共友联诗，临水观鱼。

注释

①巾车：有帷幕的车子。

②竹杖：竹制的手杖。

③篮舆：古代供人乘坐的交通工具，一般以人力抬着行走，类似后世的轿子。

④蹇驴：跛蹇驽弱的驴子。蹇，驽马，亦指驴。

⑤奚奴：仆人。

[双调]折桂令

西湖早春

小红楼隔水人家，草未鸣蛙，柳已藏鸦。试卷朱帘，寻山问寺，何处无花。金络脑堤边骏马[1]，锦缠头船上娇娃[2]。风景繁华，不醉流霞，前世生涯。

注释

①金络脑堤边骏马：堤边有带着金笼头的骏马。金络脑，金笼头。

②锦缠头船上娇娃：将锦缠头送给船上的美女娇娃。锦缠头，古代歌舞艺人演毕，客以罗锦赠之，置之头上，谓之“锦缠头”。后作为赠送妓女财物的通称。

[双调]庆东原

江头即事

低茅舍，卖酒家，客来旋把朱帘挂[1]。长天落霞，方池睡鸭，老树昏鸦。几句杜陵诗[2]，一幅王维画。

注释

①旋：顷刻，随即。

②杜陵：即杜甫。曾自称少陵野老，故被人称为杜少陵、杜陵。

高克礼 字敬臣，号秋泉，河间（今属河北）人。曾任庆元理官，后归隐，与乔吉、萨都剌唱和。现存小令四首。

[越调]黄蔷薇过庆元贞[①]

燕燕别无甚孝顺，哥哥行在意殷勤[②]。玉纳子藤箱儿问肯[③]，便待要锦帐罗帏就亲。吓得我惊急列蓦出卧房门[④]，他措支剌扯住我皂腰裙[⑤]，我软兀剌好话儿倒温存[⑥]："一来怕夫人情性哏[⑦]，二来怕误妾百年身。"

注释

①此曲是将大家熟知的故事题材入曲的代表。因故事受群众欢迎，因此不但剧曲家将其反复演绎，散曲家也对其反复咏唱。但剧曲和散曲的表现完全不同，因此同一个故事在散曲中会有着与其在剧曲中不同的特点。这首曲子讲述的即是关汉卿杂剧《诈妮子调风月》中的一个小片段：婢女燕燕受妇人差遣，伺候一个前来探亲的小千户。千户见燕燕貌美，便对其加以引诱，遭燕燕拒绝。

②哥哥行：哥哥那边。

③玉纳子藤箱儿：剧中千户用玉纳子和藤箱儿作为求

婚的礼物。问肯：古代男子向女家求婚时的礼节。

④惊急列：惊慌。蓦：突然。

⑤措支剌：金元口语，张皇失措。皂：黑色。

⑥软兀剌：金元口语，和软地。

⑦情性哏 hěn：金元口语，性情狠。哏，元曲中常作“狠”。

王仲元 杭州人，与钟嗣成有交往。作杂剧今知有三种，皆不传。现存小令二十一首，套数四套。

[中吕]普天乐

旅况

树杈枒，藤缠挂[①]；冲烟塞雁，接翅昏鸦[②]；展江乡水墨图，列湖口潇湘画。过浦穿溪沿江汊[③]，问孤航夜泊谁家？无聊倦客，伤心逆旅，恨满天涯。

注释

①意为枯藤在老树上缠绕。

②接翅：表现昏鸦成群，乱飞争噪的景象。

③汊：河流的分岔。

吕止庵 生平事迹不详。散曲作品现存小令三十三首，套数四套。

[仙吕]后庭花

秋思

西风黄叶稀，南楼北雁飞。揾妾灯前泪①，缝君身上衣。约归期，清明相会，雁还也人未归。

注释

①揾 wèn：擦拭。

[仙吕]后庭花

冷泉亭①

湖山汲水重，楼台烟树中。人醉苏堤月，风传贾寺钟。冷泉东，行人频问：飞来何处峰？

注释

①此曲歌咏杭州西湖冷泉亭一带风光。

冷泉亭：在杭州西湖灵隐寺旁飞来峰上。

[仙吕]后庭花

西风黄叶疏，一年音信无。要见除非梦，梦回总是虚。梦虽虚，犹兀自暂时节相聚[1]。近新来和梦无。

注释

①犹兀自：还能够。

真真 建宁（今属福建）人。为南宋真德秀后裔，沦为歌妓，后得姚燧为之脱籍。今存小令一首。

［仙吕］解三酲

奴本是明珠擎掌①，怎生的流落平康②。对人前乔做作娇模样③，背地里泪千行。三春南国怜飘荡④，一事东风没主张⑤。添悲怆，那里有珍珠十斛，来赎云娘⑥！

注释

①本句意为我本是父母的掌上明珠。擎：向上托举。

②平康：唐代长安平康坊，为妓女聚集之地。后泛指妓院。

③乔：假装。

④三春南国怜飘荡：意为命运如江南的柳絮一样漂泊无定。

⑤一事东风没主张：意为一切都如柳絮受东风支配一样，毫无反抗之力。

⑥那里有珍珠十斛，来赎云娘：谁有十斛珍珠来赎我自由。云娘，唐代有妓女名崔云娘，这里真真以云娘自比。

查德卿 生平事迹不详，约元仁宗延祐中前后在世。工作曲，《太平乐府》中选录甚多。今存小令二十三首。

[中吕]普天乐

别情

玉华骢[①]，青丝鞚[②]。江山断送，萍梗无踪。阳台云雨空，青草池塘梦。好梦惊回相思重，翠烟晴啼鸟山中。梨花坠雪，海棠散锦，满院东风。

又

鹧鸪词[③]，鸳鸯帕，青楼梦断，锦字书乏[④]。后会绝，前盟罢。淡月香风秋千下，倚阑干人比梨花。如今那里？依栖何处？流落谁家？

注释

①玉华骢：唐玄宗所乘骏马名。泛指骏马。

②青丝鞚 kòng：青色丝绳制成的马笼头。

③鹧鸪词：按照[鹧鸪天]或[瑞鹧鸪]填的词。

④锦字：即锦字书。这里代指书信。

[仙吕]一半儿[①]

春妆[②]

自将杨柳品题人[③]，笑拈花枝比较春[④]，输与海棠三四分。再偷匀[⑤]，一半儿胭脂一半儿粉。

春绣

绿窗时有唾茸粘[⑥]，银甲频将彩线挦[⑦]，绣到凤凰心自嫌。按春纤[⑧]，一半儿端相一半儿掩[⑨]。

注释

①查德卿[一半儿]小令，共八首，总题为“拟美人八咏”。这里选录其中两首。

②《拟美人八咏》皆以“春”字为题。“春”既可以理解为春天，亦可理解为男女风情。或在春意正浓时，男女之情更深。

③人：应指女子自己。

④笑拈花枝比较春：意为手拈一支花，与花比较谁更美。拈，手执。

⑤匀：女子涂脂抹粉。

⑥绿窗时有唾茸粘：意为绿窗上粘着口中唾液的丝缕。

⑦银甲频将彩线挦 xián：纤纤玉指牵引着绣花的彩线。

⑧春纤：细长的手指。

⑨端相：端详。

[越调]柳营曲

江上

烟艇闲[①]，雨蓑干[②]，渔翁醉醒江上晚。啼鸟关关[③]，流水潺潺，乐似富春山[④]。数声柔橹江湾，一钩香饵波寒。回头观兔魄[⑤]，失意放渔竿。看，流下蓼花滩[⑥]。

注释

①此句写烟水中有小船静静停泊。艇：轻便的小船。

②雨蓑：蓑衣。用草或棕制成的、披在身上的防雨用具。

③关关：泛指鸟鸣声。

④富春山：一名严陵山，东汉严子陵不愿出仕做官，曾隐居耕钓于此。在今浙江桐庐县西南。

⑤兔魄：月亮。

⑥蓼花：生长在水里或水边的植物。

吴西逸 生平事迹不详，约延祐末前后在世。今存小令四十七首，风格清丽，《太和正音谱》评吴作“如空谷流泉”。

[越调]天净沙

闲题[1]

长江万里归帆，西风几度阳关[2]，依旧红尘满眼[3]。夕阳新雁，此情时拍阑干[4]。

又

楚云飞满长空[5]，湘江不断流东[6]。何事离多恨冗[7]？夕阳低送，小楼数点残鸿[8]。

注释

①吴西逸[天净沙]《闲题》共四首，都写夕阳西下时江关景色，抒发离情。这里选取其中两首。

②阳关：在今甘肃敦煌西南，为送别之所。这里泛指边远地区。

③红尘：闹市的飞尘，借指繁华社会。

④此句化自辛弃疾[水龙吟·登建康赏心亭]：“落日楼头，断鸿声里，江南游子，把吴钩看了，栏干拍遍，

无人会、登临意。”

⑤楚云：楚地的云。泛指南方的云。

⑥湘江：水名。源出广西，流入湖南，为湖南最大的河流。

⑦冗：繁多。

⑧残鸿：在夕阳低垂中渐渐远去的雁影。

[双调]清江引

秋居[①]

白雁乱飞秋似雪[②]，清露生凉夜。扫却石边云，醉踏松根月[③]，星斗满天人睡也[④]。

注释

①这是一首写秋的小令，在作者的笔下，秋天宁静淡泊，清冷高雅，似乎是不染人间烟火的仙境一般。意境非常的清冷、高雅。

②白雁乱飞秋似雪：洁白无瑕的雁群成阵，就像是秋天在飞雪一样。

③醉踏松根月：醉后趔趄地踏着松根和月影。

④星斗满天人睡也：意为对着满天星斗露天而卧。

[双调]寿阳曲

四时[①]

萦心事[②]，惹恨词，更那堪动人秋思。画楼边几声新雁儿，不传书摆成个“愁”字[③]。

注释

①这支[寿阳曲]共四首，分别写春、夏、秋、冬。这是第三首，写闺中少妇悲秋伤离的情绪。

②萦心事：心事重重，萦绕胸怀。

③不传书：指鸿雁本该传书，却没有捎来只字片语。

[双调]雁儿落过得胜令

春花闻杜鹃，秋月看归燕[①]。人情薄似云，风景疾如箭[②]。留下买花钱[③]，趱入种桑园[④]。茅苫三间厦[⑤]，秧肥数顷田[⑥]。床边，放一册冷淡渊明传[⑦]；窗前，钞几联清新杜甫篇。

注释

①春花闻杜鹃，秋月看归燕：这两句言归隐的缘由：春唱花谢，杜鹃声声，叫道“不如归去”；秋至叶落，燕子南归，人不如归。

②人情薄似云，风景疾如箭：这两句写世态炎凉，光阴似箭。

③买花：古时富家有买花习俗，常不惜挥霍千金。

④趱 zǎn：赶，快走。

⑤茅苫 máoshān：用茅草覆盖。亦指茅舍、草屋。

⑥秧：栽植，蓄养。

⑦渊明：陶渊明。

[双调]蟾宫曲

山间书事

系门前柳影兰舟，烟满吟蓑[①]，风漾闲钩[②]。石上云生，山间树老，桥外霞收[③]。玩青史低头袖手[④]，问红尘缄口回头[⑤]。醉月悠悠，漱石休休[⑥]，水可陶情，花可融愁[⑦]。

注释

①此两句意为将兰州系在柳荫下，身着蓑衣在烟雾迷蒙中吟咏。

②风漾闲钩：风吹钓钩在水面荡漾。

③收：聚，合拢。

④青史：古时用竹简记事，所以后人称史籍为青史。袖手：藏手于袖。言闲适貌，或不欲参与。

⑤缄口：闭口不言。

⑥漱石：水冲洗石头。

⑦融愁：消除愁绪。

[双调]蟾宫曲

寄友

望故人目断湘皋[①]。林下丰姿，尘外英豪。岂惮双壶[②]，不辞千里，命驾相招。便休题鱼龙市朝，好评论莺燕心交。醉后联镳[③]。笑听江声，如此风涛。

注释

①湘皋：湘江边的高地。皋，水边高地。

②惮：怕。

③联镳 biāo：并走同行。镳，马嚼子两端露出嘴外的部分。

赵显宏 号学村，生平事迹不详。今存小令二十一首，套数两套。

[中吕]满庭芳[1]

渔

江天晚霞，舟横野渡，网晒汀沙[2]。一家老幼无牵挂，恣意喧哗。新糯酒香橙藕芽，锦鳞鱼紫蟹红虾。杯盘罢，争些醉煞[3]，和月宿芦花[4]。

牧

闲中放牛，天连野草，水接平芜[5]。终朝饱玩江山秀[6]，乐以忘忧。青蒻笠西风渡口[7]，绿蓑衣暮雨沧州[8]。黄昏后，长笛在手，吹破楚天秋。

注释

①赵显宏有[满庭芳]四首，分别以渔、樵、耕、牧为题，写田园恬淡平静的生活。这里选其中两首。

②汀沙：水边的沙滩。

③争些醉煞：险些大醉。争些，险些。

④和月宿芦花：伴着月光宿在芦花荡边。

⑤水接平芜：水里长满了草。

⑥饱玩：意为饱览。

⑦青蒻 ruò 笠：用青嫩的蒲草编织的帽子。青蒻，青嫩的香蒲草。蒻，同"著"。

⑧沧州：滨水的地方，常用来指隐士的居处。

[黄钟]昼夜乐

冬[①]

风送梅花过小桥，飘飘。飘飘地乱舞琼瑶，水面上流将去了。觑绝时落英无消耗[②]，似才郎水远山遥。怎不焦。今日明朝,今日明朝,又不见他来到。[幺]佳人,佳人多命薄。今遭,难逃。难逃他粉悴烟憔[③]，直恁般鱼沉雁杳[④]。谁承望拆散了鸾凰交，空教人梦断魂劳。心痒难揉，心痒难揉。盼不得鸡儿叫。

注释

①这是一支代言体的曲子，写一位思妇的幽怨深情。前六句文辞细腻，幺篇多为质朴明快之语。整首曲子雅俗并存,文质相映。原作共四首,分写春、夏、秋、冬。

②觑绝：有极目望尽意。消耗：音信。

③粉悴烟憔：言女子脂粉胭脂纷乱,这里形容女子憔悴。

④鱼沉雁杳：毫无音信。

李爱山 生平事迹不详。

[南吕]四块玉[1]

美色

杨柳腰，芙蓉貌。袅娜东风弄春娇[2]。庞儿旖旎心儿俏[3]。挽乌云叆叇盘[4]，扫春山浅淡描。斜簪着金凤翘[5]。

注释

①此曲《全元散曲》归于□爱山名下，或疑为即李爱山。

②袅娜：形容女子体态柔美。

③旖旎：这里意为温柔娇媚。

④叆叇 àidài：原意为云盛貌，这里比喻发黑若乌云盘绕的样子。

⑤凤翘：女子凤形的首饰。

[双调]寿阳曲

厌纷

离京邑[1]，出凤城[2]。山林中隐名埋姓。乱纷纷世事不欲听，倒大来耳根清净[3]。

注释

①京邑：京城。

②凤城：亦指京城。传说秦穆公之女弄玉善吹箫，箫声引来凤凰降于京城，因称丹凤城。

③倒大来：元人俗语，极大的意思。

朱庭玉 一作朱廷玉，生平事迹不详。今存小令四首，套数二十二套。

[越调]天净沙[①]

秋

庭前落尽梧桐，水边开彻芙蓉。解与诗人意同[②]，辞柯霜叶[③]，飞来就我题红[④]。

冬

门前六出狂飞[⑤]，樽前万事休提。为问东君信息[⑥]，急教人探，小梅江上先知[⑦]。

注释

①[天净沙]原作四首，分咏四季。这里选取其中两首。

②解：明白。

③柯：草木的枝茎。这里指树枝。

霜叶：枫叶。

④题红：用红叶题诗的典故。

⑤六出：花分瓣叫“出”，因雪花六角，故以六出为雪的别名。

⑥东君：春天。

⑦小梅江上先知：梅花应时在江边开放，故称梅花最先知道春的消息。

李伯瑜 生平事迹不详，或为金末元初人。今存小令一首。

[越调]小桃红

磕瓜[1]

木胎毡衬要柔和，用最软的皮儿裹[2]。手内无他煞难过[3]。得来呵，普天下好净也应难躲[4]。兀的般砌末[5]，守着个粉脸儿色末[6]，诨广笑声多[7]。

注释

①磕瓜：宋金杂剧表演时所运用的道具。副末上场时手持磕瓜，待副净逗引观众发笑后，便手执磕瓜来打他。这首曲子以吟咏戏剧道具为题材，颇为少见。

②这两句写磕瓜的制作方法：以木作胎，衬以毛毡，再包上一层柔软的皮。三者都需要"柔和"，因为磕瓜是用来敲击别人的脑袋，不能给对方带来痛感。

③煞难过：特别难过。

④净：即副净，角色名。在剧中作滑稽表演，插科打诨。

⑤砌末：戏剧演出的道具。

⑥色末：即副末，角色名。在剧中手持磕瓜，击打副净逗引观众发笑。

⑦诨广：插科打诨的方式很多。诨，以滑稽语言逗引观众发笑。广，多。

李德载 生平事迹不详，今存小令十首，均为赠茶肆的［阳春曲］。

［中吕］阳春曲

赠茶肆[1]

茶烟一缕轻轻扬，搅动兰膏四座香[2]。烹煎妙手赛维扬[3]。非是谎[4]，下马试来尝！

又

金芽嫩采枝头露，雪乳香浮塞上酥。我家奇品世间无。君听取，声价彻皇都[5]。

注释

①李德载十首［阳春曲］均以卖茶人的口吻写成，今选其中两首。

②兰膏：含有兰香的油脂。

③维扬：即扬州。扬州烹调非常有名。

④谎：谎话。

⑤彻：满，遍。

程景初 生平事迹不详，今存小令、套数各一。

[正宫]醉太平

恨绵绵深宫怨女[①]，情默默梦断羊车[②]，冷清清长门寂寞长青芜[③]。日迟迟春风院宇[④]，泪漫漫介破琅玕玉[⑤]。闷淹淹散心出户闲凝伫[⑥]，昏惨惨晚烟妆点雪模糊，淅零零洒梨花暮雨。

注释

①绵绵：连绵不断。

②羊车：宫中用羊拉的车。晋武帝好色，常随羊车所止定临幸之所。后以羊车降临表示得受恩宠，不见羊车表示宫怨。

③长门：汉代宫名。汉武帝陈皇后失宠后居于长门。后以长门借指失宠女子居住的宫苑。芜：杂草。

④迟迟：缓慢悠长。

⑤介破：隔开。琅玕 lánggān 玉：竹子的美称。传说舜帝死后，其妃娥皇、女英泪下沾竹皆成斑。此处借用此意，形容宫女泪水涟涟，无限悲伤。

⑥凝伫：伫立凝望。

李致远 **生平事迹不详。今存小令二十六首，套数四套。《太和正音谱》评其曲曰：“如玉匣昆吾。”**

［中吕］红绣鞋

晚秋[1]

梦断陈王罗袜[2]，情伤学士琵琶[3]。又见西风换年华[4]。数杯添泪酒，几点送秋花，行人天一涯。

注释

①这首小令写作风格宛如一首精致小词。解玉峰先生评曰：“曲写得含蓄、老实便即是词。”

②陈王：即曹植，因封地陈郡，后人称之为“陈王”。罗袜：曹植《洛神赋》写洛神体态之美：“体迅飞凫，飘忽若神。凌波微步，罗袜生尘。”这句话的意思是说，从思念美人的梦中惊醒。

③学士：即白居易，他曾任翰林学士，故称其“学士”。他被贬为江州司马之时，作《琵琶行》，抒发自己愤懑之情，故曰“情伤琵琶”。

④又见西风换年华：化自秦观［望海潮］：“梅英疏淡，冰澌溶泄，东风暗换年华。”

[越调]天净沙

离愁

敲风修竹珊珊[①]，润花小雨斑斑，有恨心情懒懒[②]。一声长叹，临鸾不画眉山[③]。

注释

①敲风修竹珊珊：风敲竹动珊珊作响。珊珊，象声词，玉佩的声音。

②懒懒：慵懒，无精打采。

③鸾：指铜镜。眉山：女子的眉毛。

[双调]落梅风

斜阳外，春雨足，风吹皱一池寒玉[①]。画楼中有人情正苦[②]，杜鹃声莫啼归去[③]。

注释

①寒玉：比喻清澈的湖水如玉一般晶莹。

②画楼：雕饰华丽的楼房。这里指女子的住所。

③杜鹃：杜鹃鸟叫声似“不如归去”。

[双调]水仙子

春暮

荼蘼香散一帘风，杜宇声干满树红[①]。南轩一枕梨云梦[②]，离魂千里同。日斜花影重重。萱草发无情秀[③]，榴花开有恨秾[④]。断送得愁浓。

注释

①杜宇：即杜鹃。

②南轩：南边的小屋。轩，有窗的长廊或小屋。

③萱草：传说种植此草可使人忘忧，又称“忘忧草”。

④秾：花木茂盛的样子。

[双调]折桂令

读史

慨西风壮志阑珊[①]，莫泣途穷，便可身闲。贾谊南迁[②]，冯唐老去[③]，关羽西还[④]。但愿生还玉关[⑤]，不将剑斩楼兰[⑥]。转首苍颜，好觅菟裘[⑦]，休问天山。

注释

①阑珊：衰减，消沉。

②贾谊南迁：指贾谊年少多才，后被贬为汉长沙王

太傅。

③冯唐老去：冯唐是西汉名将，但怀才不遇。武帝时被举荐，却已经年迈。

④关羽西还：指关羽败走麦城，后被斩。

⑤玉关：即玉门关。

⑥楼兰：古西域国名。遗址在今新疆维吾尔自治区若羌县境内。

⑦菟裘 túqiú：地名，在今山东省泗水县。《左传·隐公十一年》："羽父请杀桓公，以求大宰。公曰：'为其少故也，吾将授之矣。使营菟裘，吾将老焉。'"后代指告老退隐之处。

张鸣善 名择，号顽老子。原籍平阳（今山西临汾），家在湖南，流寓扬州。官淮东道宣慰司令史，元灭后归隐吴江。有《英华集》，今已不存。散曲作品今存小令十三首，套数两套。

［中吕］普天乐

咏世

洛阳花[①]，梁园月[②]。好花须买，皓月须赊[③]。花倚栏干看烂熳开，月曾把酒问团圆夜[④]。月有盈亏花有开谢，想人生最苦离别。花谢了三春近也[⑤]，月缺了中秋到也，人去了何日来也？

注释

①洛阳花：即洛阳牡丹花。欧阳修《洛阳牡丹记》称洛阳牡丹天下第一。

②梁园：西汉梁孝王所建，众多才子文人聚集之地。

③赊：买卖货物时延期付款或收款。这里亦为买的意思。

④这两句皆为倒装，即“倚栏杆看花烂熳开，曾把酒问月团圆夜”。烂熳：即“烂漫”。

⑤三春：指春季的第三个月，即暮春。

[中吕]普天乐

遇美[①]

海棠娇，梨花嫩[②]，春妆成美脸，玉捻就精神[③]。柳眉颦翡翠弯[④]，香脸腻胭脂晕[⑤]，款步香尘双鸳印[⑥]，立东风一朵巫云[⑦]。奄的转身，吸的便哂，森的销魂[⑧]。

注释

①这首散曲在《乐府群珠》中题为“春闺思”。写作者邂逅一位美貌女子时的感受。

②这两句意为女子如海棠花般娇艳，如梨花般柔弱。

③这两句意为女子的脸庞如绚烂春光一般，气质风度如玉石雕就。捻：用手搓。

④柳眉颦翡翠弯：这句形容女子的眉毛，似柳叶弯弯，似翡翠精致。颦，皱，收缩。

⑤腻：光滑细致。

⑥双鸳印：指女子绣鞋留下的脚印。

⑦立东风一朵巫云：形容女子的身影如一朵云一样飘忽。

⑧这三句中的“奄的”“吸的”“森的”均为象声词。哂 shěn：微笑。

[中吕]普天乐

雨才收，花初谢。茶温凤髓[①]，香冷鸡舌[②]。半帘杨柳风，一枕梨花月。几度凝眸登台榭[③]，望长安不见些些[④]。知他是醒也醉也，贫也富也，有也无也。

注释

①茶温凤髓：即凤髓茶温。凤髓，茶名。

②香冷鸡舌：即鸡舌香冷。鸡舌，丁香。

③凝眸：注视，目不转睛地看。

④些些：一点儿。

[中吕]普天乐[①]

雨儿飘，风儿扬。风吹回好梦[②]，雨滴损柔肠。风萧萧梧叶中，雨点点芭蕉上。风雨相留添悲怆，雨和风卷起凄凉。风雨儿怎当[③]？雨风儿定当。风雨儿难当！

注释

①此首《乐府群珠》题作“愁怀”。

②风吹回好梦：风声惊醒了好梦。

③怎当：怎么经受得住。当，抵挡。

[中吕]普天乐

嘲西席[①]

讲诗书，习功课。爷娘行孝顺[②]，兄弟行谦和。为臣要尽忠，与朋友休言过[③]。养性终朝端然坐，免教人笑俺风魔[④]。先生道“学生琢磨”，学生道“先生絮聒”[⑤]，馆东道“不识字由他”。

注释

①西席：古人席次尚右，右为宾师之位，居西而面东，故“西席”（或称“西宾”）是家塾延聘的教书先生或幕友的代称。主人则称“馆东”或“东家”。元代读书人身份尴尬，只得设帐教书。这首曲子即是描述教书人的落魄情景。

②行：宋元俗语，这边。

③过：过失。

④风魔：举止轻浮。

⑤絮聒：聒噪，吵闹。

杨朝英 字英甫，号澹斋，青城（今属山东）人。曾官郡守、郎中，后归隐。编有《阳春白雪》和《太平乐府》两种散曲集，人称“杨氏二选集”，元人散曲多赖此二书传世。今存小令二十八首。

[中吕]阳春曲

浮云薄处朦胧日[①]，白鸟明边隐约山。妆楼倚遍泪空弹，凝望眼，君去几时还？

注释

①朦胧 tónglóng：昏暗不清貌。

[商调]梧叶儿

客中闻雨[①]

檐头溜[②]，窗外声，直响到天明。滴得人心碎，聒得人梦怎成？夜雨好无情，不道我愁人怕听[③]！

注释

①这首曲子写游子的离愁别恨。

②檐头溜：屋檐下滴水的地方。

③不道：不管。

[双调]清江引

秋深最好是枫树叶，染透猩猩血[①]。风酿楚天秋[②]，霜浸吴江月[③]。明日落红多去也。

注释

①染透猩猩血：言枫叶像染透猩猩血一样。传说猩猩血最红。

②风酿楚天秋：风酝酿了南方的秋天。楚天，泛指南方。

③霜浸吴江月：秋霜像是浸湿了吴江的月亮。吴江，吴淞江，这里指南方的河流。

[双调]水仙子

雪晴天地一冰壶[①]，竟往西湖探老逋[②]，骑驴踏雪溪桥路[③]。笑王维作画图[④]，拣梅花多处提壶[⑤]。对酒看花笑，无钱当剑沽[⑥]，醉倒在西湖!

注释

①雪晴天地一冰壶：雪后晴天，到处都是冰冻，像是一个大冰壶一样。

②老逋：即隐居西湖边的林逋。

③骑驴踏雪：这里暗用孟浩然骑驴踏雪、寻梅吟诗的典故。

④笑王维作画图：王维曾作《雪溪图》和《雪里芭蕉图》。这里言王维雪景图不如西湖雪景。

⑤提壶：提着酒壶。

⑥当剑：把剑典当掉。沽：买酒。

[双调]水仙子

自足

杏花村里旧生涯，瘦竹疏梅处士家[①]，深耕浅种收成罢。酒新篘[②]，鱼旋打，有鸡豚竹笋藤花[③]。客到家常饭，僧来谷雨茶[④]，闲时节自炼丹砂[⑤]。

注释

①处士：不做官的人，指隐士。

②酒新篘 chōu：指酒刚刚滤出。篘，滤酒。

③豚：小猪。藤花：或为藤蔓类的蔬菜。

④谷雨茶：谷雨节前采摘的新茶。

⑤炼丹砂：道教提倡炼丹服食，以延年益寿。

宋方壶 名子正，华亭（今上海松江）人。曾于华亭莺湖建房屋数间，如洞天状，名曰“方壶”，因以为号。今存小令十三首，套数五套。

[中吕]红绣鞋

客况[①]

雨潇潇一帘风劲，昏惨惨半点灯明，地炉无火拨残星[②]。薄设设衾剩铁，孤另另枕如冰[③]，我却是怎支吾今夜冷[④]。

注释

①客况：即旅途中的境况。

②地炉：挖地为坑的火炉，坑中熏火以取暖。

③这两句意为旅店中孤苦伶仃，衾寒似铁，孤枕如冰。

④支吾：亦作“支梧”。支撑，抵挡。

[中吕]山坡羊

道情

青山相待，白云相爱[①]，梦不到紫罗袍共黄金带[②]。一茅斋[③]，野花开，管甚谁家兴废谁成败，陋巷箪瓢亦乐哉[④]！贫，气不改；达[⑤]，志不改。

注释

①相爱：互相亲爱，友好。

②紫罗袍共黄金带：指做大官。出自《北齐书·杨愔传》："自尚公主后，衣紫罗袍，金缕大带。"

③茅斋：指作者所居的陋室。

④陋巷箪瓢：《论语·雍也》："一箪食，一瓢饮，在陋巷，人不堪其忧，回也不改其乐。"这里作者以颜回自况。

⑤达：显达，做官。

[双调]清江引

托咏[1]

剔秃圞一轮天外月[2]，拜了低低说：是必常团圆，休着些儿缺[3]，愿天下有情底都似你者。

注释

①托咏：即托物咏怀之作。

②剔秃圞：元人俗语，特别圆。"剔"无义，为助词。秃圞，"团"字的分读。

③着：有"使""让"的意思。

[双调]水仙子

居庸关中秋对月

一天蟾影映婆娑[1]，万古谁将此镜磨[2]？年年到今宵不缺些儿个。广寒宫好快活[3]，碧天遥难问姮娥[4]。我独对清光坐[5]，闲将白雪歌[6]，月儿你团圆我却如何！

注释

①蟾影：即月影。传说月宫中有蟾蜍，故称月为蟾，月影为蟾影。

②谁将此镜磨：谁将月亮这面镜子磨亮呢？这里将明月比作镜子。

③广寒宫：传说中的月中仙宫之名。

④姮 héng 娥：即嫦娥，传说的月宫仙女。

⑤清光：指清冷的月光。

⑥白雪：指《阳春白雪》，相传为古代楚国高雅的乐曲。《文选》宋玉《对楚王问》："其为阳春白雪，国中属而和者，不过数十人。"

［双调］水仙子

叹世

时人个个望高官，位至三公不若闲[①]。老妻顽子无忧患，一家儿得自安。破柴门对绿水青山。沽村酒三杯醉，理瑶琴数曲弹[②]，都回避了胆战心寒。

注释

①三公：古代中央三种最高官衔的合称，历代所指不一。不若：不如。

②理瑶琴：弹瑶琴。理，弹。瑶琴，以美玉装饰的琴。

王举之 生平事迹不详，活动年代约为元代后期。今存小令二十三首。

[双调]折桂令

虎顶杯[①]

宴穹庐月暗西村[②]。剑舞青蛇[③]，角奏黄昏[④]。玛瑙盘呈[⑤]，琼瑶液暖[⑥]，狐兔愁闻。猩血冷犹凝旧痕，玉纤寒似怯英魂。豪士云屯，一曲琵琶，少个昭君[⑦]。

注释

①虎顶杯：一种酒器。

②穹庐：指边塞军营的帐篷。

③剑舞青蛇：剑像青蛇一样舞动。喻剑术高超。

④角：军营号角。

⑤玛瑙盘呈：盘中的瓜果似玛瑙般。

⑥琼瑶：美酒。

⑦昭君：即王昭君。这里暗用昭君出塞典故。

[双调]折桂令

赠胡存善[①]

问蛤蜊风致何如[②]？秀出乾坤，功在诗书。云叶轻盈，灵华纤腻，人物清癯[③]。采燕赵天然丽语[④]，拾姚卢肘后明珠[⑤]，绝妙功夫。家住西湖，名播东都[⑥]。

注释

①胡存善：善散曲，曾将散曲编辑成集。这首小令中除对胡存善的溢美之外，还高度概括了散曲创作的情况，值得重视。

②蛤蜊：本意为浅海的一种软体动物。这里指散曲风味。语出钟嗣成《录鬼簿序》："若夫高尚之士，性理之学，余有得罪于圣门者。吾党且啖蛤蜊，别与知味者道。"后以"蒜酪蛤汤之味"指散曲风味。这里指胡存善散曲风格。

③"云叶"三句：形容胡存善散曲如秋叶般轻盈，春花般细腻，犹如其人的超凡脱俗。

④采燕赵：意为博采众家之长。燕、赵，春秋战国时国名，在今河北、山西一代，元曲大家如关汉卿、王实甫、马致远、白朴等都是这一带的人。天然丽语：即方言俚语。

⑤拾姚卢肘后明珠：言胡存善采撷前人精华。姚卢，即姚燧和卢挚，二人都是元初散曲名家。

⑥东都：本指洛阳，这里借指开封。

柴野愚 生平事迹不详，今存小令二首。

[双调]枳郎儿

访仙家，访仙家远远入烟霞。汲水新烹阳羡茶[①]。瑶琴弹罢，看满园金粉落松花[②]。

注释

①阳羡茶：名茶，产于江苏宜兴。

②金粉：应为炼丹所致金色粉末。修道者多炼丹。

[双调]河西六娘子[①]

骏马双翻碧玉蹄，青丝鞚、黄金羁[②]，入秦楼将在垂杨下系[③]。花压帽檐低，风透绣罗衣，袅吟鞭、月下归[④]。

注释

①这是一首写男女相会的小令。

②青丝鞚、黄金羁：有青丝控马带和黄金络头的马。

③秦楼：指美女的处所。

④袅吟鞭：扬鞭作响。

贾固 字伯坚，山东沂州（今山东临沂）人。曾任扬州路总管、左司郎中、中书省左参政事。今散曲存小令一首。

[中吕]醉高歌过红绣鞋

寄金莺儿[1]

乐心儿比目连枝[2]，肯意儿新婚燕尔[3]。画船开抛闪的人独自[4]，遥望关西店儿[5]。黄河水流不尽心事，中条山隔不断相思[6]。当记得夜深沉、人静悄、自来时。来时节三两句话，去时节一篇诗，记在人心窝儿里直到死。

注释

①《青楼集》记载，贾固在任山东肃政廉访司佥事时，与歌妓金莺儿相恋。后入朝为官，依然不能忘怀，便寄了这首小令给金莺儿。结果被上司知道，上章弹劾，贾固因此罢官而去。

②比目连枝：即比目鱼、连理枝，写两人情投意合，如胶似漆。

③肯意儿：与前句“乐心儿”意思相同，都有两人相互倾慕的意思。

④抛闪：抛弃。

⑤关西：潼关以西。

⑥中条山：在山西西南部。

周德清 字日湛，号挺斋，高安（今属江西）人。工乐府，善音律。终身不仕。著有音韵学名著《中原音韵》，为北曲立法。今存小令三十一首，套数三套。

[正宫]塞鸿秋

浔阳即景[①]

长江万里白如练[②]，淮山数点青如淀[③]；江帆几片疾如箭，山泉千尺飞如电。晚云都变露[④]，新月初学扇[⑤]，塞鸿一字来如线[⑥]。

注释

①浔阳：即浔阳江，长江流经江西九江的一段。这首小令应是作者登浔阳城楼即兴写景所作。前四句用连璧对，极为工整。

②练：白色熟绢。

③淮山：淮水两岸的山。淀：蓝靛，深蓝色的染料。

④晚云都变露：言天空云气飘浮，凝聚成露。

⑤新月初学扇：初月刚刚升起，就像一把半圆形的团扇。

⑥塞鸿：边塞飞来的鸿雁。一字：指雁群在空中排成的“一”字。

[中吕]朝天子

秋夜客怀

月光，桂香，趁着风飘荡。砧声催动一天霜[①]，过雁声嘹亮。叫起离情，敲残客况，梦家山身异乡[②]。夜凉，枕凉，不许离人强[③]。

注释

①砧声：砧杵捣衣声。

②家山：故乡。

③强 jiàng：执拗。这句意为不由人不惆怅。

[中吕]满庭芳

看岳王传[①]

披文握武[②]，建中兴庙宇[③]，载青史图书[④]。功成却被权臣妒[⑤]，正落奸谋。闪杀人望旌节中原士夫[⑥]，误杀人弃丘陵南渡銮舆[⑦]。钱塘路[⑧]，愁风怨雨，长是洒西湖。

注释

①周德清作[满庭芳]四首，分别以岳飞、韩世忠、秦桧以及张俊为题，抒发议论。

②披文握武：意为岳飞文武双全。

③建中兴庙宇：建立了中兴的事业。庙宇，江山社稷。

④载青史图书：指岳飞功勋卓著，足以名留青史。青史，史书，古人以竹简记事，在刻写前需用火进行处理，称“杀青”，因此称史书为“青史”。

⑤功成却被权臣妒：权臣，指秦桧。这句话指南宋绍兴十一年，岳飞被秦桧以“莫须有”的罪名，斩杀于风波亭上。

⑥闪杀：抛弃。望旌节中原士夫：指盼望着宋师北伐，收复中原的人民。士夫，泛指人民。

⑦弃丘陵：抛弃祖宗庙宇。銮舆：皇帝的车驾，这里指赵构。这句话指宋高宗赵构逃至杭州。

⑧钱塘路：指钱塘一带。岳飞冤死之后，被葬于今杭州西（元时为钱塘县）栖霞岭下，西子湖旁。历来凭吊者，无不伤心哭泣，故下文曰：“愁风怨雨，长是洒西湖。”

[双调]蟾宫曲

别友

唾珠玑点破湖光，千变云霞，一字文章。吴楚东南[①]，江山雄壮，诗酒疏狂[②]。正鸡黍樽前月朗[③]，又鲈莼江上风凉。记取他乡，落日观山，夜雨连床。

又[④]

宰金头黑脚天鹅[⑤]，客有钟期[⑥]，座有韩娥[⑦]。吟既能吟，听还能听，歌也能歌。和白雪新来较可[⑧]，放行云飞去如何[⑨]？醉睹银河，灿灿蟾孤[⑩]，点点星多。

注释

①吴楚：指春秋战国时期，吴国和楚国的所在，这里指东南处。

②疏狂：狂放。

③鸡黍：饭菜。

④这首小令《乐府群珠》又题作《夜宴》。

⑤金头黑脚天鹅：当时的名菜佳肴。

⑥钟期：这里借钟期与俞伯牙知音典故，暗指席上均为知音好友。

⑦韩娥：战国时韩国的一位知名歌女，《列子·汤问》载其歌声之美，人走后，“余音绕梁，三日不绝”。这里指席上的歌伎。

⑧白雪：指《阳春白雪》歌，为高雅乐曲。句意为友人的曲子虽高雅难和，但自己还是可以试一试的。

⑨行云：《列子·汤问》：“薛谭学讴于秦青，未穷青

之技，自谓尽之，遂辞归。秦青弗止，饯于郊衢，抚节悲歌，声振林木，响遏行云。”这句意为有人的曲子可以遏止行云，那我来试一试放飞行云吧。

⑩蟾孤：指月亮。

[双调]蟾宫曲

别友[①]

倚篷窗无语嗟呀[②]，七件儿全无[③]，做甚么人家！柴似灵芝，油如甘露，米若丹砂[④]。酱瓮儿恰才梦撒[⑤]，盐瓶儿又告消乏。茶也无多，醋也无多，七件事尚且艰难，怎生教我折柳攀花[⑥]？

注释

①这首小令感叹家贫窘困，读起来诙谐有趣，又有些说不出的辛酸苦楚。

②篷窗：用竹篾围起来的窗户，意指简陋。嗟呀：叹息。

③七件儿：指柴、米、油、盐、酱、醋、茶七件必需品。宋吴自牧《梦粱录》卷十六：“盖人家每日不可缺者，柴、米、油、盐、酱、醋、茶。”

④灵芝：一种草药，有滋补作用。古人认为服食灵芝可以长寿不老。甘露：甜美的露水。古人认为天下太平，才会天降甘露。丹砂：即朱砂，古人认为服

食丹砂可以延年益寿。这几句极言物资匮乏。

⑤梦撒：指散失。

⑥折柳攀花：指去青楼歌馆。

[中吕]阳春曲

赠歌者韩寿香[①]

半池暖绿鸳鸯睡，满径残红燕子飞，一林老翠杜鹃啼[②]。春事已，何日是归期？

注释

①周德清《赠歌者韩寿香》共两首。第一首赞韩寿香色艺，这里是第二首，与歌者并无直接关系，乃作者抒写自己的伤春思归之情，清丽可爱。

②老翠：指青绿色的树，应为暮春之树。翠，青绿色。

钟嗣成 字继先，号丑斋，大梁（今河南开封）人，后寓居杭州。顺帝时编著《录鬼簿》二卷，载元代杂剧、散曲作家小传和作品名目。所作杂剧今知有《章台柳》《钱神论》《蟠桃会》等七种，皆不传。散曲今存小令五十九首，套数一套。

[正宫]醉太平

风流贫最好[①]，村沙富难交[②]。拾灰泥补砌了旧砖窑，开一个教乞儿市学[③]。裹一顶半新不旧乌纱帽，穿一领半长不短黄麻罩[④]，系一条半联不断皂环绦[⑤]，做一个穷风月训导[⑥]。

注释

①风流贫最好：风流倜傥而甘守清贫就好。

②村沙富难交：豪绅富户难以交往。村沙，粗俗。

③乞儿市学：为乞丐办的学校。

④黄麻罩：用粗布麻线做的罩衣。

⑤半联不断皂环绦：破旧的黑腰带。

⑥穷风月训导：穷而风流的学官。穷风月，贫穷而风流。训导，古代以训导为学官名。

[双调]清江引

情[1]

夜长怎生得睡着？万感萦怀抱。伴人瘦影儿，惟有孤灯照。长吁气一声吹灭了。

注释

①此曲为代言体，写情人离去后，女子独守空房的寂寞忧伤情绪。

[双调]凌波仙

吊沈和甫[1]

五言常写和陶诗，一曲能传冠柳词，半生书法欺颜字[2]。占风流独我师，是梨园南北分司[3]。当时事，仔细思，细思量不是当时。

吊乔梦符[4]

平生湖海少知音，几曲宫商大用心[5]。百年光景还争甚？空赢得雪鬓侵[6]。跨仙禽路绕云深[7]。欲挂坟前剑[8]，重听膝上琴[9]。漫携琴载酒相寻。

注释

①钟嗣成以[凌波仙]十九首，分别吊宫大用、郑德辉等人。这里选其中两首。

据钟嗣成《录鬼簿》："沈和，字和甫，杭州人。能词翰，善谈谑。天性风流，兼明音律，以南北调合腔，自和甫始。如《潇湘八景》《欢喜冤家》等曲，极为工巧。后居江州，……江西称为'蛮子关汉卿'者是也。"可知沈和甫诗词书法俱工，且与钟嗣成友善。

②这三句写沈和甫的诗、词、书的才情，堪比陶渊明、柳永、颜真卿。

③梨园：唐玄宗曾选乐工三百人，宫女数百人，于梨园中教授乐曲，后世因称戏班为梨园。这里写沈和甫通晓音律，不愧为梨园领袖。

④乔梦符：即乔吉。

⑤宫商：我国古代音乐，乐律为十二律吕，乐音有七声，即宫、商、角、变徵、徵、羽、变宫。这里用宫商指乔吉精通音律，并根据自己的创作实践，总结出作曲六字诀：凤头、猪肚、豹尾。故钟嗣成称其"大用心"于宫商。

⑥雪鬓侵：指年老。

⑦仙禽：即仙鹤的雅称，相传仙人多骑鹤，故名之。

⑧欲挂坟前剑：《史记·吴太伯世家》："季札之初使，

北过徐君。徐君好季札之剑，口弗敢言。季札心知之，为使上国，未献。还至徐，徐君已死，于是乃解其宝剑，系之徐君冢树而去。”后人用“挂剑”比喻心许亡友，生死不变。

⑨重听膝上琴：《世说新语·伤逝》载，王献之死，其兄子猷（徽之）前去恸吊，径入坐灵床上，取弹王献之所爱之琴，但弦不谐调，因感人琴俱亡，倍加哀伤。

王晔 字日华，一作日新，号南斋。杭州人。生卒年不详，与《录鬼簿》作者钟嗣成友好。曾与朱凯合写《双渐小卿问答》，受到时人称赏，今存。他善滑稽，曾辑录自楚国优孟至金代“玳瑁头”之间的优人艺事为《优语录》，已失传。所作杂剧三种，亦不存。今存小令十六首。

[双调]折桂令

问苏卿[①]

俏排场惯战曾经，自古惺惺[②]，爱惜惺惺。燕友莺朋，花阴柳影，海誓山盟。那一个坚心志诚？那一个薄幸杂情？则问苏卿，是爱冯魁，是爱双生[③]？

答

平生恨落风尘，虚度年化，减尽精神。月枕云窗，锦衾绣褥，柳户花门[④]。一个将百十引江茶问肯[⑤]，一个将数十联诗句求亲。心事纷纭[⑥]：待嫁了茶商，怕误了诗人。

注释

①苏卿：北宋名妓苏小卿。《青泥莲花记》载：苏小

卿与书生双渐交好，却被其母私卖与茶商冯魁。后双渐得官，二人终团圆。

②惺惺：这里指聪慧之人。

③双生：指双渐。

④柳户花门：指苏卿妓女身份。

⑤引：古代商人运货的凭证。这里可作重量单位解释。问肯：求亲。这句话指冯魁用百十引的江茶来求亲。

⑥心事纷纭：犹豫不定。

周浩 生平事迹不详，活动时间或与钟嗣成同时。今存小令一首，为钟嗣成《录鬼簿》题辞所作。

[双调]折桂令

题《录鬼簿》

想贞元朝士无多①，满目江山，日月如梭。上苑繁华②，西湖富贵，总付高歌。麒麟冢衣冠坎坷③，凤凰台人物蹉跎④。生待如何，死待如何？纸上清名，万古难磨⑤。

注释

①贞元：为唐德宗年号。贞元年间柳宗元、刘禹锡等一批朝士，活跃追求革新。但不久失败，故交零落。刘禹锡晚年追忆往事，有“休唱当时供奉曲，贞元朝士已无多”诗句。这里作者借用前人诗句，意指当年活跃于剧坛的名公才人，如今亦无多少。

②上苑：帝王游乐之所。

③麒麟冢：指名人贵宦的坟墓。

④凤凰台：接近帝王宫殿的地方，指高官云集之处。

⑤纸上清名，万古难磨：这里写钟嗣成及其所录名公才人之名，定会万古长存。

汪元亨 字协贞，号云林，别号临川佚老，饶州（今属江西）人。曾出仕浙江省掾，后迁居常熟。他生在元末乱世，故多有厌世情绪。所作杂剧三种，皆不传。今存小令一百首。

[正宫]醉太平

警世[①]

结诗仙酒豪，伴柳怪花妖[②]。白云边盖座草团瓢[③]。是平生事了，曾闭门不受征贤诏[④]。自休官懒上长安道[⑤]，但探梅常过灞陵桥[⑥]。老先生俊倒[⑦]！

注释

①汪元亨作[醉太平]总题为“警世”，皆为警世叹时之作，这里选其中一首。

②柳怪花妖：指青楼歌妓。

③草团瓢：即草团标，圆形的草屋。

④征贤诏：征用贤才的诏书。

⑤长安道：即名利之所。

⑥灞陵：为汉文帝的陵墓，在长安城东，为人们送别之所。

⑦俊倒：笑倒，言高兴之极。

[双调]雁儿落过得胜令

归隐[①]

闲来无妄想，静里多情况。物情螳捕蝉[②]，世态蛇吞象[③]。直志定行藏[④]，屈指数兴亡。湖海襟怀阔，山林兴味长。壶觞[⑤]，夜月松花酿[⑥]。轩窗，秋风桂子香。

注释

①汪元亨作[雁儿落过得胜令]二十首，总题作“归隐”，表隐逸之志，今选其中一首。

②物情螳捕蝉：用“螳螂捕蝉，黄雀在后”典故。意为世情便是强者欺凌弱者，弱肉强食。

③世态蛇吞象：喻人心不足，贪得无厌。《山海经·海内南经》：“巴蛇食象，三岁而出其骨。”

④行藏：出仕和退隐。

⑤觞 shāng ：酒杯。

⑥松花酿：一种淡黄色的酒。

倪瓒 初名珽。字元镇，号云林居士、云林子，或云林散人，别号荆蛮民等。无锡（今属江苏）人。家有巨资，藏书千卷，博学好古。至正年间散家财给亲故，隐居太湖一带。工诗画，画山水意境幽深。今存小令十二首。

[越调]小桃红

一江秋水澹寒烟[①]，水影明如练。眼底离愁数行雁。雪晴天，绿苹红蓼参差见[②]。吴歌荡桨，一声哀怨，惊起白鸥眠。

注释

①澹：水波纡缓的样子。

②绿苹红蓼：绿苹和红蓼均为水边生植物。参差：长短不齐貌。

[黄钟]人月圆

伤心莫问前朝事，重上越王台[①]。鹧鸪啼处[②]，东风草绿，残照花开。怅然孤啸[③]，青山故国，乔木苍苔。当时明月，依依素影[④]，何处飞来？

注释

①这两句意为重上越王台，不要提起前朝事，以免伤怀。越王台：春秋时越王勾践为招贤纳士所筑楼台。

②鹧鸪：一种禽鸟，啼声凄切。

③怅然孤啸：心中怅然，发一声长啸。啸，撮口作声，打口哨。古人常作此声，发心中感情。

④素影：指明月。

[越调]凭阑人

赠吴国良[①]

客有吴郎吹洞箫，明月沉江春雾晓。湘灵不可招[②]，水云中环珮摇[③]。

注释

①这是一首赠友之作。吴国良，倪瓒朋友。倪瓒文集中称他“工制墨，善吹箫”。

②湘灵：即舜帝的妃子娥皇和女英两位女神。

③水云中环珮摇：意为水云中传来衣裙环珮叮咚的声音。与前文联系，赞美吴国良吹箫技艺：虽不能招来湘水的女神，但使听者在水云中仿佛听到女神的环珮声。

[双调]折桂令

拟张鸣善[①]

草茫茫秦汉陵阙[②]，世代兴亡，却便似月影圆缺。山人室堆案图书[③]，当窗松桂，满地薇蕨[④]。侯门深何须刺谒[⑤]，白云间自可怡悦。到如今世事难说，天地间不见一个英雄，不见一个豪杰。

注释

①这首小令应为步张鸣善同曲原韵之作，张鸣善原曲今已不传。

②草茫茫秦汉陵阙：秦汉帝王的陵墓已经在青草茫茫之下。陵，古代帝王的陵墓。阙，墓道旁两边的石牌坊。

③山人：作者自称。以后三句都写作者自己的生活。

④薇蕨：薇和蕨是两种野生植物，可以食用。这里写自己高洁淡泊的生活。

⑤侯门：达官贵人之家。刺谒：拜访高官以为自己谋取名利。

[双调]水仙子

东风花外小红楼[①]，南浦山横眉黛愁[②]。春寒不管花枝瘦，无情水自流。檐间燕语娇柔，惊回幽梦，难寻旧游，落日帘钩。

注释

①红楼：古代称女子的住所。

②南浦：《楚辞·九歌》中有“送美人兮南浦”句，后常把送别之地称作“南浦”。山横眉黛愁：写女子眉峰紧蹙发愁。

[双调]水仙子

吹箫声断更登楼，独自凭阑独自愁。斜阳绿惨红消瘦[①]，长江天际流。百般娇千种温柔，金缕曲新声低按[②]。碧油车名园共游[③]，绛绡裙罗袜如钩[④]。

注释

①绿、红：分别指绿叶和红花。

②金缕曲：词牌名。亦指以爱惜青春、及时行乐为表现内容的乐曲，源自杜牧《杜秋娘》：“劝君莫惜金缕衣，劝君惜取少年时。”

③碧油车：用青绿色油布作帷幕的车子，古代为女子所乘。

④绛绡裙：红色绡绢制成的裙子。绛，赤色、火红色。绡，生丝织成的薄纱、细绢。罗袜：丝罗制的袜。

刘庭信 原名廷玉，益都（今属山东）人，排行第五，身黑而长，人称“黑刘五”。今存小令三十九首，套数七套，作品多以闺情、闺怨为主。

[双调]折桂令

忆别[①]

想人生最苦离别，三个字细细分开，凄凄凉凉无了无歇。别字儿半晌痴呆，离字儿一时拆散，苦字儿两下里堆叠。他那里鞍儿马儿身子儿劣怯[②]，我这里眉儿眼儿脸脑儿乜斜[③]。侧着头叫一声“行者”，阁着泪说一句“听者”[④]，得官时先报期程[⑤]，丢丢抹抹远远的迎接[⑥]。

又

想人生最苦离别，唱到阳关，休唱三叠[⑦]。急煎煎抹泪揉眵[⑧]，意迟迟揉腮撧耳[⑨]，呆答孩闭口藏舌[⑩]。“情儿分儿你心里记者，病儿痛儿我身上添些，家儿活儿既是抛撇，书儿信儿是必休绝，花儿草儿打听的风声，车儿马儿我亲自来也！”

又

想人生最苦离别，雁杳鱼沉[11]，信断音绝。娇模样甚实曾丢抹，好时光谁曾受用[12]？穷家活逐日绷拽[13]，才过了一百五日上坟的日月[14]，早来到二十四夜祭灶的时节[15]。笃笃寞寞终岁巴结[16]，孤孤另另彻夜咨嗟[17]。欢欢喜喜盼的他回来，凄凄凉凉老了人也。

注释

①刘庭信这三首曲子，以一个女子的口吻，倾诉送别丈夫时的离情，夸张诙谐，饶有趣味。

②劣怯：形容立脚不稳，身体倾斜。

③乜 miē 斜：略眯着眼睛斜视。

④这里“行者”“听者”犹言“行着”“听着”。

⑤得官：考取功名。

⑥丢丢抹抹：修饰打扮。

⑦唱到《阳关》，休唱三叠：《阳关三叠》为送别曲，“休唱三叠”意为不愿意离别。

⑧眵 chī：眼屎。

⑨揉腮撧耳：形容着急的样子。

⑩呆答孩：发呆的样子。闭藏舌：说不出话来。

⑪雁杳鱼沉：古有鱼雁传书典，这里言没有音信。

⑫谁曾：何曾。

⑬绷拽：勉强支撑。

⑭一百五日：即寒食日。清明节前一或前二日距上一年冬至日，刚好一百零五天。

⑮二十四夜祭灶：旧历腊月二十四（或二十三）日夜间祭“灶王爷”。

⑯笃笃寞寞：元人俗语，笃寞的叠音，有周旋、徘徊之意。巴结：辛苦。

⑰咨嗟：叹息。

［南吕］一枝花

春日送别

丝丝杨柳风，点点梨花雨。雨随花瓣落，风趁柳条疏。春事成虚，无奈春归去。春归何太速？试问东君[①]：谁肯与莺花做主[②]？

注释

①东君：指春天。

②莺花：莺啼花开，泛指春天景物。这里用“莺花”代指曲中的抒情主人公。

[双调]水仙子

相思

秋风飒飒撼苍梧[①]，秋雨潇潇响翠竹[②]，秋云黯黯迷烟树。三般儿一样苦，苦的人魂魄全无。云结就心间愁闷，雨少似眼中泪珠[③]，风做了口内长吁！

注释

①飒飒：风声。

②潇潇：雨声。

③少似：恰似。

[双调]水仙子

相思

恨重叠，重叠恨，恨绵绵，恨满晚妆楼。愁积聚，积聚愁，愁切切，愁斟碧玉瓯[①]。懒梳妆，梳妆懒，懒设设，懒爇黄金兽[②]。泪珠弹，弹珠泪，泪汪汪，汪汪不住流。病身躯，身躯病，病恹恹[③]，病在我心头。花见我，我见花，花应憔瘦。月对咱，咱对月，月更害羞。与天说，说与天，天也还愁。

注释

①碧玉瓯：碧玉制成的酒杯。

②爇 ruò：点火，燃烧。黄金兽：以金黄色装饰的兽形香炉。这里指香。

③恹恹：生病的样子。

[双调]折桂令

题情

心儿疼胜似刀剜，朝也般般[1]，暮也般般。愁在眉端，左也攒攒，右也攒攒。梦儿成良宵短短，影儿孤长夜漫漫。人儿远地阔天宽，信儿稀雨涩云悭[2]。病儿沉月苦风酸。

注释

①般般：犹言“这般”。

②悭：缺少。

[中吕]朝天子

赴约[1]

夜深深静悄，明朗朗月高，小书院无人到。书生今夜且休睡着，有句话低低道：半扇儿窗棂，不须轻敲，我来时将花树儿摇。你可便记着，便休要忘了，影儿动咱来到。

注释

①这首小令《盛世新声》未注作者，亦无题目。《词林摘艳》作刘庭信撰。曲子写一位女子与情郎相约夜晚相见，语言本色活泼。

刘燕歌 又作刘燕哥，宋末元初人。歌妓，善歌舞，能诗词。

[仙吕]太常引

饯齐参议回山东[①]

故人别我出阳关[②]，无计锁雕鞍[③]。今古别离难，兀谁画蛾眉远山[④]。一尊别酒，一声杜宇，寂寞又春残。明月小楼间，第一夜相思泪弹。

注释

①饯：送行。参议：元时中书省属官。

②阳关：这里非实指玉门之阳关，应为泛指，暗含王维“西出阳关无故人”意。

③雕鞍：代指骏马。

④兀谁画峨眉远山：今后谁能再为我画形如远山的峨眉呢？兀，加强语气助词，无义。远山眉，汉张敞为其妻画眉，形如远山，故称远山眉。

邵亨贞（1309—1401），字复孺，号清溪。云间（今上海松江）人。元末时，曾任松江府学训导。由元入明，卒年九十三岁。著有《野处集》《蚁术诗选》《蚁术词选》等。《全元散曲》录存其小令三首。

[仙吕]柳营曲

拟古[①]

铜壶更漏残[②]，红妆春梦阑[③]，江上花无语，天涯人未还。倚楼闲，月明千里，隔江何处山。

注释

①拟古：诗文仿效古人的风格形式，后成为诗体之一。

②铜壶：古代的计时器，以铜壶盛水，昼夜滴漏，以刻度为计，称为“漏”。

③阑：残尽，晚。这里意为梦惊醒。

汤式 字舜民，号菊庄，象山（今属浙江）人。元末曾补象山县吏，不得志，落魄江湖。入明不仕。今知作杂剧二种，均不传。所作散曲甚多，名《笔花集》。《全元散曲》录其小令一百七十首，套数六十八套，残曲一首。

[越调]柳营曲

听筝

酒乍醒，月初明，谁家小楼调玉筝？指拨轻清，音律和平，一字字诉衷情。恰流莺花底叮咛[1]，又孤鸿云外悲鸣[2]。滴碎金砌雨，敲碎玉壶冰[3]。听，尽是断肠声！

注释

①恰流莺花底叮咛：像黄莺在花间穿梭细语。流莺，即黄莺，因其飞行极快，称流莺。

②又孤鸿云外悲鸣：又像孤单的鸿雁在云外悲鸣。

③滴碎金砌雨，敲碎玉壶冰：（筝声）像是雨水滴答在金砌的台阶上，又像是玉壶中冰块被敲碎。

[正宫]小梁州

九日渡江[①]

秋风江上棹孤舟[②],烟水悠悠[③]。伤心无句赋登楼[④],山容瘦，老树替人愁。[幺]樽前醉把茱萸嗅，问相知几个白头[⑤]？乐可酬，人非旧，黄花时候，难比旧风流。

注释

①原作二首，此处选其第一首。九日：即九月九日重阳节，古人在此日多与亲友相邀登山。

②棹：划船。

③烟水：指江上烟雾迷茫。

④赋登楼：暗指王粲《登楼赋》。

⑤这两句化用杜甫《九日蓝田崔氏庄》“明年此会知谁健，醉把茱萸仔细看”。茱萸：一种香草。古人有重阳节佩戴茱萸的习俗。

[双调]天香引

留别友人

乍相逢同是云萍[①]，未尽平生，先诉飘零。淮甸迷渺渺离愁[②]，淮水流滔滔离恨，淮山远点点离情。

玉薤杯拼今朝酩酊[3]，锦囊词将后会叮咛[4]。鱼也难凭，雁也难凭[5]，多在钱塘，少在金陵[6]。

注释

①乍：忽然。云萍：流云和浮萍。喻漂泊无定。

②淮甸：淮河一地的平原。

③玉薤 xiè：美酒名。这里代指美酒。酩酊：大醉。

④锦囊词：唐代诗人李贺经常骑驴出游，身背一个破旧的锦囊，有诗思便立刻写下来装在里面。

⑤这两句写音信难以传递。

⑥这两句写作者居所无定，时在钱塘（今浙江杭州），时在金陵（今江苏南京）。

[越调]天净沙

闲居杂兴

近山近水人家，带烟带雨桑麻[1]，当役当差县衙[2]。一犁两耙，自耕自种生涯。

注释

①带烟带雨桑麻：桑麻等农作物带着湿淋淋雾蒙蒙的雨露。

②当役当差县衙：在县衙里服役当差。

[双调]庆东原

京口夜泊[1]

故园一千里[2]，孤帆数日程，倚篷窗自叹漂泊命。城头鼓声[3]，江心浪声，山顶钟声。一夜梦难成，三处愁相并[4]。

注释

①京口：即今江苏镇江。

②作者家乡在浙江象山，与镇江相隔遥远，故有“一千里”之说。

③鼓声：古代城楼上多建鼓楼，用以报时，每一更击鼓一次。

④三处：指前文的城头、江心、山顶。

[中吕]谒金门

落花二令

落花，落花，红雨似纷纷下[1]。东风吹傍小窗纱，撒满秋千架。忙唤梅香[2]，休教践踏。步苍苔选瓣儿拿。爱他，爱他，擎托在鲛绡帕[3]。

落红，落红，点点胭脂重。不因啼鸟不因风，自是春搬弄。乱撒楼台，低扑帘栊。一片西一片东。

雨雨，风风，怎发付孤栖凤[4]。

注释

①红雨：落花纷纷如雨，故为红雨。

②梅香：旧时多以称婢女。

③鲛绡帕：手帕。

④怎发付孤栖凤：孤单的人怎么应付？栖凤，自谓孤单的人。

［双调］蟾宫曲[1]

冷清清人在西厢，叫一声张郎[2]，骂一声张郎。乱纷纷花落东墙，问一会红娘[3]，絮一会红娘。枕儿余，衾儿剩，温一半绣床，闲一半绣床。月儿斜，风儿细，开一扇纱窗，掩一扇纱窗。荡悠悠梦绕高唐[4]，萦一寸柔肠，断一寸柔肠。

注释

①这首小令是重句体，为元曲巧体之一。以《西厢记》故事入散曲，用莺莺口吻写就。

②张郎：《西厢记》男主角张生。

③红娘：莺莺身边侍女。

④高唐：指男女欢会之事。

高明 字则诚，自号菜根道人。浙江瑞安人。约生于元成宗大德年间，至正五年进士，授处州录事，辟丞相掾，卒于明初。有南戏《琵琶记》，另有诗文集《柔克斋集》。散曲作品今存小令二首，套数一套。

[商调]金络索挂梧桐

咏别①

羞看镜里花②，憔悴难禁架③，耽阁眉儿淡了教谁画④？最苦魂梦飞绕天涯，须信流年鬓有华⑤。红颜自古多薄命，莫怨东风当自嗟⑥。无人处，盈盈珠泪偷弹洒琵琶。恨那时错认冤家⑦，说尽了痴心话。

又

一杯别酒阑，三唱阳关罢⑧，万里云山两下相牵罣⑨。念奴半点情与伊家⑩，分付些儿莫记差：不如收拾闲风月⑪，再休惹朱雀桥边野草花⑫。无人把，萋萋芳草随君到天涯。准备着夜雨梧桐，和泪点常飘洒。

注释

①元人散曲多为北曲，高明这两首[金络索挂梧桐]则用南曲写成。相较于北曲而言，南曲则更严整、规范，更类于词。

②镜里花：即女子自己。

③难禁架：难当，难以禁受。

④耽阁眉儿淡了教谁画：此处用汉张敞为妻子画眉典故。

⑤鬓有华：言两鬓花白。

⑥这两句化自欧阳修《再和明妃曲》："红颜胜人多薄命，莫怨春风当自嗟。"

⑦冤家：指心上人。

⑧这两句中的"阑"和"罢"都为"尽"的意思。

⑨罣 guà：同"挂"。

⑩伊：你。家：语气词，无意。

⑪收拾：拜托。闲风月：指非正式的男女恋人关系。

⑫再休惹朱雀桥边野草花：意为再不要寻花问柳，招蜂引蝶。

无名氏

[正宫]塞鸿秋

爱他时似爱初生月，喜他时似喜看梅梢月，想他时道几首西江月[①]，盼他时似盼辰钩月。当初意儿别，今日相抛撇，要相逢似水底捞明月[②]。

注释

①西江月：词牌名，这里泛指诗词。

②水底捞明月：指作无用功，一场空。相传猴子至水边，见水底有明月，便想捞起，但总也捞不到。

[正宫]塞鸿秋

山行警

东边路西边路南边路，五里铺七里铺十里铺[①]；行一步盼一步懒一步，霎时间天也暮日也暮云也暮。斜阳满地铺，回首生烟雾。兀的不山无数水无数情无数！

注释

①铺：宋代称邮递驿站为铺，元代沿用其制。

[正宫]醉太平

讥贪小利者

夺泥燕口[①]，削铁针头[②]，刮金佛面细搜求[③]：无中觅有。鹌鹑嗉里寻豌豆[④]，鹭鸶腿上劈精肉[⑤]，蚊子腹内刳脂油[⑥]。亏老先生下手[⑦]！

注释

①夺泥燕口：从燕子口里夺泥。

②削铁针头：从针头上削铁。

③刮金佛面：从金佛面上刮金子。

④鹌鹑嗉：鹌鹑的食囊。鹌鹑，鸟名，头尾短小。嗉，鸟类食管下盛食物的囊。

⑤鹭鸶：水鸟名，腿细长而瘦。

⑥刳 kū：挖。

⑦老先生：元代对朝官的称呼。

[中吕]朝天子

早霞，晚霞，妆点庐山画[①]。仙翁何处炼丹砂？一缕白云下。客去斋余[②]，人来茶罢。叹浮生指落花。楚家，汉家[③]，做了渔樵话。

注释

①庐山：在江西九江。

②斋：斋饭，指素食。

③楚家，汉家：指历史上的楚汉相争。

[中吕]红绣鞋[1]

窗外雨声声不住，枕边泪点点长吁。雨声泪点急相逐，雨声儿添凄惨，泪点儿助长吁。枕边泪倒多如窗外雨。

注释

①这首小令以“雨声”和“泪点”相对，烘托创造出悲怆的意境，呜咽、凄凉，令人同情的泪人形象呼之欲出。

[中吕]喜春来

闺情

窄裁衫裙安排瘦[1]，淡扫蛾眉准备愁[2]。思君一度一登楼。凝望久，雁过楚天秋。

注释

①窄裁衫褙安排瘦：将衣衫裁小，以便消瘦时穿。褙 kèn，衣服腋下前后相连的部分，又指穿在外面的短衣。

②淡扫蛾眉准备愁：将双眉浅画，以便愁闷时蹙起。

[双调]水仙子

青山隐隐水茫茫，时节登高却异乡[①]，孤城孤客孤舟上。铁石人也断肠，泪涟涟断送了秋光。黄花梦，一夜香，过了重阳。

注释

①登高：即重阳节登高。

[双调]水仙子

喻纸鸢[①]

丝纶长线寄天涯[②]，纵放由咱手内把，纸糊披就里没牵挂[③]。被狂风一任刮，线断在海角天涯。收又收不下，见又不见他，知他流落在谁家？

注释

①纸鸢：风筝。这首小令表层言纸鸢，更深层则言无尽又无根的相思。

②丝纶：即丝，粗于丝者为纶。

③纸糊披就：风筝以纸糊在细竹或者木制的骨架上，故言“纸糊披就”。

[越调]天净沙

平沙细草斑斑[①]，曲溪流水潺潺。塞上清秋早寒，一声新雁，黄云红叶青山[②]。

注释

①平沙细草斑斑：一望无际的黄沙中，点缀着丛丛细草。

②黄云：指沙漠广阔，映着天空泛出黄色。

[越调]天净沙

西风渭水长安，淡烟疏雨骊山[①]。不见昭阳玉环[②]。夕阳楼上，无言独倚阑干。

注释

①“西风”二句：古城长安，北有渭水环绕，东有骊山临靠。

②昭阳：汉代宫殿，成帝时赵飞燕居此，专宠十余年。这里以昭阳代指赵飞燕。玉环：即杨贵妃，得唐玄宗宠爱，家人皆显贵。

附录：元杂剧十一种

元杂剧，又叫北杂剧。其主要构成要素有三，即曲词、宾白、动作。曲词即“剧曲”，宾白则是曲词之外人物对话、陈述的部分，“唱为主，白为宾，故曰宾白”。动作则是剧本所提示的演员在场上的动作和表情，又叫“科范”。其结构则一般是由四本演绎一个完整的故事，又多有“楔子”穿插，即“四折一楔子”。楔子一般在第一折的前面演出，对故事由来做简单的介绍，也有在折与折之间演出的，作用类似于后来的过场戏。杂剧每折限用同一宫调的曲牌组成的一套曲子。演出时一本四折，由正末或正旦一人主唱，其他角色只有说白。

杂剧角色主要分为旦、末、净、杂四类。旦包括正旦、外旦、小旦、大旦、老旦、贴旦、搽旦。正旦是歌唱的主要女演员。外旦、贴旦指次要女演员。末包括正末、小末、副末、冲末、副末。正末是歌唱的主要男演员，外末、副末是次要的男演员，冲末是首次上场的男演员。净是负责滑稽搞笑的喜剧性人物。杂是除以上三类外的演员，有孤（做官者）、驾（皇帝）、洁郎（和尚）、卜儿（老妇人）等。

关汉卿

单刀会

《单刀会》全名《关大王单刀会》或《关大王独赴单刀会》。剧本写三国时关羽应鲁肃邀请到江东单刀赴宴，并凭借智勇安全返回的故事。全剧共四折。该剧以天下三分鼎立为背景，以鲁肃向关羽讨还荆州为契机，围绕关、鲁二人的矛盾冲突，刻画出关羽叱咤风云的英雄形象。

[双调][新水令]大江东去浪千叠[1]，引着这数十人驾着这小舟一叶。又不比九重龙凤阙[2]，可正是千丈虎狼穴[3]。大丈夫心烈，我觑这单刀会似赛村社[4]。

（云）好一派江景也呵！（唱）

[驻马听]水涌山叠，年少周郎何处也[5]？不觉的灰飞烟灭,可怜黄盖转伤嗟[6]。破曹的樯橹一时绝，鏖兵的江水犹然热[7]，好教我情惨切！

（云）这也不是江水，（唱）

二十年流不尽的英雄血！

注释

①苏轼[念奴娇·赤壁怀古]有"大江东去，浪淘尽，千古风流人物"句。

②九重龙凤阙：言皇宫。

③千丈虎狼穴：指凶险之地。

④觑：细看。赛村社：旧时农村祭祀社神的日子或盛会，常举行演艺比赛，故称。

⑤周郎：周瑜。东汉末年东吴名将。孙策死后，孙权继任，周瑜以中护军的身份与长史张昭共掌众事。建安十三年（208），周瑜率东吴军与刘备军联合，在赤壁击败曹操。

⑥黄盖：东汉末年东吴名将，历仕孙坚、孙策、孙权三任君主。公元208年赤壁之战时，黄盖前往曹营诈降，并趁机以火攻大破曹操的军队，是赤壁之战主要功臣之一。

⑦这两句指吴蜀联军大破曹操军队的赤壁之战。樯橹：代指船只。樯，船上桅杆。橹，撑船工具。

按：这是《单刀会》第四折关羽的唱词。[新水令]中关羽将鲁肃强敌视作草芥，豪气冲天。[驻马听]则是关汉卿借关羽之口所发的历史感慨，荡气回肠，慷慨低徊。

谢天香

《谢天香》全名《钱大尹智宠谢天香》，全剧共四折一楔子。写北宋词人柳永与妓女谢天香相爱，后柳永赴京赶考，将谢天香托付给好友府尹钱可。钱可为帮助谢天香脱离妓院，假装娶她为妾，从而产生误会重重。但最终柳永归来，钱可道出良苦用心，柳、谢二人终得团圆。

[仙吕][赏花时] 则这一曲翻成和泪篇，最苦偏高离恨天[①]，双泪落樽前。山长水远，愁见理行轩[②]。

注释

①离恨天：佛教中的一世界。后多用来喻指男女抱恨离别，不得相会。

②理行轩：泛指远行的车辆。轩，古时大夫以上乘坐的车。后作为车的代称。

按：这是《谢天香》楔子，柳永将谢天香托付给钱可照看，谢天香得知后愁眉不展，唱出的第一支曲子。

窦娥冤

《窦娥冤》全名《感天动地窦娥冤》，是关汉卿的代表作，也是我国古代悲剧的代表作。悲剧剧情取材于《列女传》中的《东海孝妇》。写民女窦娥因父亲窦天章无钱还债给蔡婆婆，被蔡婆婆留为童养媳。窦娥长大后，丈夫早夭，又被无赖纠缠。窦娥奋起反抗，却遭无赖诬陷，被官府错判斩刑。后窦天章科举得中，窦娥冤魂前去诉冤，窦天章重审此案，窦娥得以伸冤。

全剧四折一楔子。它成功地塑造了“窦娥”这个悲剧主人公形象，使其成为元代被压迫、被剥削、被损害的妇女的代表，成为元代社会底层善良、坚强而走向反抗的妇女的典型。

[正宫][端正好]没来由犯王法，不提防遭刑宪[1]，叫声屈动地惊天！顷刻间游魂先赴森罗殿[2]，怎不将天地也生埋怨。

[滚绣球]有日月朝暮悬，有鬼神掌着生死权。天

地也只合把清浊分辨，可怎生糊突了盗跖颜渊[3]：为善的受贫穷更命短，造恶的享富贵又寿延。天地也做得个怕硬欺软，却元来也这般顺水推船[4]。地也，你不分好歹何为地？天也，你错勘贤愚枉做天[5]！哎，只落得两泪涟涟。

注释

①刑宪：即刑罚。

②森罗殿：即阎罗殿。佛教指阎罗审问鬼魂的地方。

③糊突：即糊涂，混淆。盗跖：春秋时著名的盗贼，跖是他的名字。颜渊：孔子的弟子，以贤著称。

④元来：即原来。

⑤勘：审问囚犯。

按：这段唱词是《窦娥冤》第三折，窦娥被押赴刑场时的控诉，也是全剧的高潮所在。一直陷于悲惨命运中的窦娥，最终在第三折唱出了她心中的控诉和反抗。关汉卿借窦娥之口，控诉的不只是不公的“王法”“刑宪”，还有对“天”与“地”的质问，实际上反映了对整个统治秩序的怀疑。

李逵负荆

康进之，一说姓陈，棣州（今山东惠民县）人。生平事迹不详。元代钟嗣成《录鬼簿》将其列为“前辈已死名公才人”，可知其为元代前期杂剧作家。

《李逵负荆》写“水浒”故事，歌颂了“替天行道救生民”的梁山义军，以及宋江、李逵、鲁智深等除暴安良的英雄好汉。故事写梁山附近杏花庄开酒店的老王林女儿满堂娇，被冒称宋江、鲁智深的恶棍抢去。恰巧李逵来店里饮酒，得知此事大怒，回梁山后斥责宋江。宋江为辨明事实，同他下山对质。真相大白之后，李逵回山向宋江负荆请罪。恰好两恶棍又送满堂娇回门，宋江即派李逵下山捉拿二人，“将功折罪”。

[混江龙]可正是清明时候，却言风雨替花愁。和风渐起，暮雨初收。俺则见杨柳半藏沽酒市，桃花深映钓鱼舟，更和这碧粼粼春水波纹绉。有往来社燕，远近沙鸥。

（云）人道我梁山泊无有景致，俺打那厮的嘴！（唱）

[醉中天]俺这里雾锁着青山秀，烟罩定绿杨洲。

（云）那桃树上一个黄莺儿，将那桃花瓣儿啖阿啖阿，啖的下来，落在水中，是好看也。我曾听的谁说来？我试想咱：哦！想起来了也，俺学究哥哥道来。[①]（唱）

他道是轻薄桃花逐水流[②]。

（云）俺绰起这桃花瓣儿来[③]，我试看咱，好红红的桃花瓣儿。（做笑科，云）你看我好黑指头也[④]！（唱）

恰便是粉衬的这胭脂透。

（云）可惜了你这瓣儿，俺放你趁那一般的瓣儿去。我与你赶，与你赶，贪赶桃花瓣儿。（唱）

早来到这草桥店垂杨的渡口。

（云）不中，则怕误了俺哥哥的将令，我索回去也。（唱）

待不吃呵，又被这酒旗儿将我来相迤逗。他、他、他舞东风在曲律杆头。

注释

①啖 dàn：吃，咬。阿：同"啊"。学究哥哥：即梁山泊智多星吴用。

②轻薄桃花逐水流：本是杜甫《漫兴九首》中的句子，但李逵却以为是智多星吴用所作。

③绰：匆忙拿起，抓起。

④这句话是说李逵手指上的桃花瓣衬得手指更黑了。

按： 这是《李逵负荆》第一折，写李逵听到王林哭诉女儿被抢之后，吃醉了酒，上梁山时看到的景色。正值清明节，李逵又醉眼朦胧，加之对梁山的喜爱，眼中的梁山春色更加可爱。又由于李逵的鲁莽性格，故而由他唱出的景色抒情之曲，更有一番别样的趣味。

白朴

梧桐雨

《梧桐雨》全名《唐明皇秋夜梧桐雨》，取材于唐人陈鸿《长恨歌传》，取自白居易《长恨歌》“秋雨梧桐叶落时”诗句。

剧本写唐代安史之乱前后唐玄宗和杨贵妃的故事。其情节是：幽州节度使裨将安禄山贻误战机当斩，解送京师，反得唐玄宗信任。后安禄山因与杨国忠不睦，又出任范阳节度使，随后图谋叛乱，进攻长安。唐玄宗仓皇弃长安而逃至四川。至马嵬坡下，因痛恨杨国忠、杨贵妃等贻误国家，大军不前，兵谏请诛杨国忠兄妹。唐玄宗无奈，命杨贵妃于佛堂中自缢。安史之乱平定之后，唐玄宗重返长安，在西宫悬挂杨贵妃像，朝夕相对。一夕，梦中相见，却被雨打梧桐之声惊醒。他睹物思人，倍添惆怅。

（旦云）陛下，这秋光可人，妾待与圣驾亭下闲步一番。（正末做同行科）[1]（唱）

[忆王孙]瑶阶月色晃疏棂，银烛秋光冷画屏[2]。消

遣此时此夜景；和月步闲庭，苔浸的凌波罗袜冷[3]。

(云)这秋景与四时不同。(旦云)怎见的与四时不同？(正末云)你听我说。(唱)

[胜葫芦]露下天高夜气清[4]，风掠得羽衣轻[5]，香惹丁东环佩声，碧天澄净，银河光莹，只疑是身在玉蓬瀛[6]。

(旦云)今夕牛郎织女相会之期，一年只是得见一遭，怎生便又分离也？(正末唱)

[金盏儿]他此夕把云路凤车乘，银汉鹊桥平。不甫能今夜成欢庆[7]，枕边忽听晓鸡鸣，则早离愁情脉脉，别泪雨泠泠。五更长叹息。则是一夜短恩情。

(旦云)他是天宫星宿，经年不见，不知也曾相忆否？(正末云)他可怎生不想来？(唱)

[醉扶归]暗想那织女分，牛郎命。虽不老，是长生；他阻隔银河信杳冥，经年度岁成孤另；你试向天宫打听，他决害了些相思病。

注释

①正末为唐明皇李隆基，旦为杨贵妃。唱词为李隆基演唱。

②这两句化自杜牧《秋夕》："银烛秋光冷画屏，轻罗小扇扑流萤。天阶夜色凉如水，坐看牵牛织女星。"疏棂：即窗棂。疏，窗户。

③此句化用曹植《洛神赋》“凌波微步，罗袜生尘”句意。

④此句化用杜甫《夜》“露下天高秋水清，空山独夜旅魂惊”句。

⑤羽衣：言杨贵妃衣衫。

⑥蓬瀛：指东海的蓬莱仙境和瀛洲的神山仙境。

⑦不甫能：刚刚。

按：这四支曲子出自《梧桐雨》第一折，为唐明皇和杨贵妃二人在御园共赏七夕明月之时，明皇所唱。前两曲写御园优美夜景以及杨贵妃的美貌姿态，后两曲则是明皇由人间的甜蜜爱情，遥想空中牛郎、织女的爱情得失。这四支曲子，意境优美，既有画面的视觉效果，又有环佩叮咚的听觉享受，加之人间天上的对比，意蕴无穷。

[蛮姑儿]懊恼，窨约[①]。惊我来的又不是楼头过雁，砌下寒蛩[②]，檐前玉马，架上金鸡，是兀那窗儿外梧桐上雨潇潇。一声声洒残叶，一点点滴寒梢，会把愁人定虐。

[滚绣球]这雨呵，又不是救旱苗，润枯草，洒开花萼；谁望道秋雨如膏？向青翠条，碧玉梢，碎声儿必剥[③]，增百十倍歇和芭蕉[④]。子管里珠连玉散

飘千颗[5]，平白地瀽瓮番盆下一宵[6]，惹的人心焦。

[叨叨令]一会价紧呵，似玉盘中万颗珍珠落；一会价响呵，似玳筵前几簇笙歌闹；一会价清呵，似翠岩头一派寒泉瀑；一会价猛呵，似绣旗下数面征鼙操[7]。兀的不恼杀人也么哥！兀的不恼杀人也么哥！则被他诸般儿雨声相聒噪。

[倘秀才]这雨一阵阵打梧桐叶凋，一点点滴人心碎了。枉着金井银床紧围绕[8]，只好把泼枝叶做柴烧[9]，锯倒。

（带云）当初妃子舞翠盘时[10]，在此树下；寡人与妃子盟誓时，亦对此树。今日梦境相寻，又被他惊觉了。（唱）

[滚绣球]长生殿前那一宵[11]，转回廊，说誓约[12]，不合对梧桐并肩斜靠，尽言词絮絮叨叨。沉香亭那一朝，按[霓裳][13]，舞[六幺][14]，红牙箸击成腔调[15]，乱宫商闹闹炒炒[16]。是兀那当时欢会栽排下[17]，今日凄凉厮辏着[18]，暗地量度[19]。

（高力士云）主上，这诸样草木，皆有雨声，岂独梧桐？（正末云）你那里知道？我说与你听者。（唱）

[三煞]润蒙蒙杨柳雨，凄凄院宇侵帘幕；细丝丝梅子雨，妆点江干满楼阁；杏花雨红湿阑干，梨花雨玉容寂寞；荷花雨翠盖翩翻，豆花雨绿叶潇条：都不似你惊魂破梦，助恨添愁，彻夜连宵，莫不是水仙弄娇，蘸杨柳洒风飘。

[二煞]味味似喷泉瑞兽临双沼[20]，刷刷似食叶春蚕散满箔[21]。乱洒琼阶，水传宫漏；飞上雕檐，酒滴新槽。直下的更残漏断，枕冷衾寒，烛灭香消。可知道夏天不觉，把高凤麦来漂[22]。

[黄锺煞]顺西风低把纱窗哨[23]，送寒气频将绣户敲。莫不是天故将人愁闷搅，度铃声响栈道[24]。似花奴羯鼓调[25]，如伯牙[水仙操][26]。洗黄花，润篱落；渍苍苔，倒墙角；渲湖山，漱石窍[27]；浸枯荷，溢池沼。沾残蝶粉渐消，洒流萤焰不着。绿窗前促织叫，声相近雁影高。催邻砧处处捣，助新凉分外早。斟量来这一宵[28]，雨和人紧厮熬[29]，伴铜壶点点敲，雨更多泪不少。雨湿寒梢，泪染龙袍，不肯相饶，共隔着一树梧桐直滴到晓。

注释

①窨约：暗中思忖。窨 yìn，藏在地窖里。

②寒蛩 qióng：深秋的蟋蟀。

③刈剥：形容雨打在树叶上的声音。

④增百十倍歇和芭蕉：意为比雨打芭蕉的声音要大十倍。

⑤子管：只管。

⑥瀽 jiǎn：倾，倒。瓮：一种盛水或酒等的陶器。

⑦鼙 pí：古代军中的一种小鼓。

⑧金井银床：井栏。“金”“银”言雕饰精美。

⑨泼：犹“破”。

⑩翠盘：古时跳舞用具。

⑪长生殿：唐代华清宫殿名，即集灵台。

⑫回廊：曲折回环的走廊。

⑬按[霓裳]：《霓裳羽衣曲》的略称。按，用手弹奏，演奏。

⑭六幺：又名“绿腰”“录要”，唐代有名大曲之一。

⑮红牙箸：檀木制的拍板，用来敲击乐器。

⑯宫商：泛指音乐、乐曲。

⑰兀那：那。兀，语气词，无义。栽排：安排。

⑱厮辏：凑，聚。

⑲量度：思忖。

⑳床床 chuáng：水激流的声音。瑞兽：古代在喷水的地方装上石兽，让水从兽口中流出。

㉑刷刷：蚕食桑叶声。

㉒高凤麦：《后汉书·逸民列传》载：东汉时高凤专心读书，以致他看守晾晒的麦子被暴雨冲走都不知道。

㉓啃：撮口发出的尖锐声，即打口哨。

㉔度铃声响栈道：据载，唐玄宗避难蜀中时，在栈道的雨声中听到铃声后，更加伤感，因而作《雨霖铃》一曲悼念杨贵妃。度，度曲。

㉕花奴羯鼓调：唐汝阳王李琎，小名花奴，擅长羯鼓。羯鼓，一种由少数民族传入的乐器，形状如桶，两头均可敲击。

㉖伯牙[水仙操]：伯牙，春秋时人，善弹琴，传说他在东海蓬莱山上，闻海水澎湃、群鸟悲鸣，作《水仙操》曲。

㉗石窍：即石洞。

㉘斟量：思量。

㉙厮熬：相煎熬。

按：这八支曲子选自《梧桐雨》第四折，是全剧最高潮，也是最精彩的部分。作者倾尽才思，用八支曲子着力铺叙“秋叶梧桐雨”的景象。以多种多样的艺术手法和修辞方式，描摹秋夜雨打梧桐的景象，同时又时刻穿插人物的心理活动：是雨打梧桐，又是心中落雨成阵。同时，“梧桐”和“雨”又是主人公联想的媒介体，由这“秋叶梧桐雨”联想起以前与爱人欢会的种种，以及江山盛世的种种，相形相较之下，借着淅淅雨声，倍添惆怅。其语言华美精确，情感动人缠绵，难怪王国维赞曰：“白仁甫《秋叶梧桐雨》，沉雄悲壮，为元曲冠冕。”

马致远

荐福碑

《荐福碑》全名为《半夜雷轰荐福碑》。剧情主要写秀才张镐才高不得志，流落江湖。其友范仲淹以三封书信让他去投奔他人，但连投二人，其人皆死。范仲淹带回张镐所写万言长策，被皇帝看中，于是得官，却被富户张浩顶替。张镐流落寺庙中，长老同情他的遭遇，准备将荐福碑碑文拓下卖钱相助，谁知龙神夜里雷轰荐福碑。张镐万念俱灰，欲撞树自杀，被赶来的范仲淹所救，并带回京师，最终做了头名状元。

[寄生草] 想前贤语总是虚：可不道书中车马多如簇，可不道书中自有千钟粟，可不道书中有女颜如玉[①]，则见他白衣便得一个状元郎[②]，那里是绿袍儿赚了书生处[③]。

[幺篇] 这壁拦住贤路，那壁又挡住仕途。如今这越聪明越受聪明苦，越痴呆越享了痴呆福，越糊突越有了糊突富。则这有银的陶令不休官[④]，无钱的子张学干禄[⑤]。

注释

①这几句话相传出自宋真宗赵恒《劝学篇》："富家不用买良田，书中自有千钟粟。安居不用架高堂，书中自有黄金屋。出门无车毋须恨，书中有马多如簇。娶妻无媒毋须恨，书中有女颜如玉。"

②白衣：古时僮仆着白衣，故白衣代指僮仆。

③绿袍儿：古时八品、九品官着绿袍，故以绿袍代称下层官吏。

④陶令：即陶渊明。曾不愿折腰迎督邮而辞官归隐。这句话的意思是谁能像陶渊明一样辞官归隐。

⑤子张学干禄：语出《论语·为政》。子张，姓颛孙，名师，字子张。"学干禄"即请教求取功名利禄之事。子张曾以此事问孔子。这句话的意思是说穷苦的人想要求取功名利禄。

按：这两支曲子是《荐福碑》的第一折。范仲淹以古语劝勉困顿中的张镐，勤学苦读，终会获取功名，赢得富贵。但张镐却看尽了社会中的魑魅魍魉和官场黑暗，故而他说"想前贤语总是虚"，抒发愤懑之情。[幺篇]则用一连串的铺排，对社会中的不公现象进一步控诉，显豁酣畅。

汉宫秋

《汉宫秋》全名为《破幽梦孤雁汉宫秋》，是马致远的代表作。剧本以历史上的昭君出塞故事为题材，着重描写汉元帝与王昭君之间的爱情故事。

汉元帝派毛延寿去民间挑选宫女，毛延寿借机收受贿赂，中饱私囊。王昭君因不肯向毛延寿行贿，被毛延寿画丑，因而被打入冷宫。后汉元帝巡视后宫偶然得见王昭君，遂加以宠爱，并封为明妃。毛延寿自知罪责难逃，投奔匈奴，并献昭君美图于呼韩邪单于，致使呼韩邪单于向元帝索要昭君为妻，不从则兵戎相见。汉朝文武百官畏惧匈奴，劝元帝忍痛割爱，以美人换取和平。元帝无奈，只得让昭君出塞，并亲自到灞桥送别。汉元帝回宫后，心情无比悲痛。而昭君不舍故国，在汉蕃交界的黑龙江投水而死。

（尚书云）陛下，不必苦死留他，着他去了罢。（驾唱）

[七弟兄]说什么大王，不当。恋王嫱，兀良[①]，怎禁他临去也回头望！那堪这散风雪旌节影悠扬[②]，

动关山鼓角声悲壮[3]。

[梅花酒] 呀！俺向着这迥野悲凉[4]。草已添黄，兔早迎霜。犬褪得毛苍，人搠起缨枪[5]，马负着行装，车运着糇粮[6]，打猎起围场。他、他、他，伤心辞汉主；我、我、我，携手上河梁[7]。他部从入穷荒，我銮舆返咸阳。返咸阳，过宫墙；过宫墙，绕回廊；绕回廊，近椒房[8]；近椒房，月昏黄；月昏黄，夜生凉；夜生凉，泣寒螿[9]；泣寒螿，绿纱窗；绿纱窗，不思量！

[收江南] 呀！不思量，除是铁心肠！铁心肠也愁泪滴千行。美人图今夜挂昭阳[10]，我那里供养，便是我高烧银烛照红妆。

注释

①兀良：语气词，意为“呀”“哎呀”。

②旌节：古代指使者所持的节，以为凭信。

③鼓角：战鼓和号角，两种乐器的统称。军中用以报时、警众或发出号令。

④迥野：遥远的荒野。迥，远。

⑤搠 shuò：刺，戳。这里有拿起，操起的意思。缨枪：饰有线或绳等做的装饰品的枪。缨，线或绳等做的装饰品。

⑥糇 hóu：干粮，食粮。

⑦携手上河梁：表示离别。语本《文选·李少卿与苏武诗》："携手上河梁，游子暮何之。"

⑧椒房：泛指后妃居住的宫室。

⑨寒螿 jiāng ：即寒蝉。泛指深秋的鸣虫。

⑩昭阳：汉代宫殿名。后泛指后妃所住的宫殿。

按：这三支曲子选自《汉宫秋》第三折，写汉元帝灞桥送别昭君之后的痛苦感受。汉元帝贵为天子，却难以保全心爱之人，本就万念俱灰的元帝在送别之时，却又遭尚书催促，连多留昭君片刻都不能。汉元帝不禁悲从中来，痛苦不堪。尤其在脍炙人口的［梅花酒］一曲，幽深的宫苑，与汉元帝的落寞心情相互衬托，酣畅淋漓地写出空有尊贵身份，却又无法支配自己命运之人的内心悲凉与哀伤。王国维赞其曰"写景之工者"。

王实甫

西厢记

《西厢记》全名为《崔莺莺待月西厢记》，是王实甫的代表作。全剧共五本二十一折，主要讲述张生和崔莺莺的爱情故事。

主要剧情是：书生张君瑞在普救寺里偶遇已故崔相国之女莺莺，一见倾心。叛将孙飞虎听闻莺莺美貌，率兵围困普救寺，要强娶莺莺为妻。危急之中崔老夫人允诺，如有人能够退兵，便将莺莺嫁他。张生修书请得故人白马将军杜确率兵前来解围，但事后崔老夫人却绝口不提婚事，只让二人以兄妹相称，张生极其失望。后在红娘帮助下，崔、张二人瞒过崔老夫人，私订终身。老夫人知情后大怒，但已无可挽回，便催张生进京应考，张生与莺莺不得已依依作别。半年后张生得中状元，有情人终成眷属。

（莺莺引红娘撚花枝上云）红娘，俺去佛殿上耍去来。（末做见科）呀！正撞着五百年前风流业冤[①]。

[元和令]颠不剌的见了万千[②]，似这般可喜娘的庞

儿罕曾见[③]。则着人眼花撩乱口难言，魂灵儿飞在半天。他那里尽人调戏[④]，亸着香肩[⑤]，只将花笑撚。

[上马娇]这的是兜率宫[⑥]，休猜做了离恨天。呀，谁想着寺里遇神仙！我见他宜嗔宜喜春风面，偏、宜贴翠花钿[⑦]。

[胜葫芦]则见他宫样眉儿新月偃，斜侵入鬓云边。

（旦云）红娘，你觑"寂寂僧房人不到，满阶苔衬落花红"。

（末云）我死也！

未语人前先腼腆，樱桃红绽[⑧]，玉粳白露[⑨]，半晌恰方言。

注释

①五百年：元杂剧中说姻缘，经常以为是五百年前注定的。业冤：犹"冤家"。爱极之反语。

②颠不剌：风流，美貌。不剌，语气助词，无义。

③可喜娘：可爱的姑娘。庞儿：即脸庞。

④尽人调戏：这里有尽人顾盼的意思。

⑤亸 duǒ：同"鬌"。下垂。

⑥兜率宫：佛教神话里的天宫。

⑦花钿：古时妇女脸上的一种花饰。

⑧樱桃：比喻女子之口。白居易《杨柳枝词》："樱桃樊素口，杨柳小蛮腰。"绽：开。

⑨玉粳：比喻细白的牙齿。

按：这是《西厢记》第一本《张君瑞闹道场杂剧》第一折，写张生初见莺莺，惊叹莺莺的美貌。这三支曲子用夸张的修辞，写莺莺容貌之美，同时亦可以感受到张生初见莺莺时的欢喜心情。

[混江龙]落红成阵，风飘万点正愁人[1]。池塘梦晓[2]，阑槛辞春；蝶粉轻沾飞絮雪[3]，燕泥香惹落花尘[4]；系春心情短柳丝长，隔花阴人远天涯近[5]。香消了六朝金粉，清减了三楚精神[6]。

注释

①风飘万点正愁人：出自杜甫《曲江》："一片花飞减却春，风飘万点正愁人。"

②池塘梦晓：用谢灵运写作"池塘生春草"的典故。

③飞絮雪：用谢道韫咏柳絮典故。

④化自李清照[浣溪沙]词："新笋看成堂下竹，落花都是燕巢泥。"

⑤人远天涯近：化自朱淑真[生查子]词："遥想楚云深，人远天涯近。"

⑥这两句意为金粉香消，精神清减。"六朝"和"三楚"没有实义，只作装点字面作用。

按：这支曲子选自《西厢记》第二本《崔莺莺夜听琴》第一折。此时莺莺已对张生心生爱慕，但无奈母亲严厉地管束着自己，因此这支曲子里前六句写伤春，后四句写伤情。伤春与伤情，相互映衬，写出莺莺的相思之苦。

（红云）贱妾奉夫人严命，特请先生小酌数杯，勿却。（末云）便去，便去。敢问席上有莺莺姐姐么？（红唱）

[上小楼]“请”字儿不曾出声，“去”字儿连忙答应；可早莺莺跟前，“姐姐”呼之，喏喏连声。秀才每闻道“请”，恰便是听将军严令，和他那五脏神愿随鞭镫[①]。

（末云）小生客中无镜，敢烦小娘子看小生一看何如？（红唱）

[满庭芳]来回顾影，文魔秀士[②]，风欠酸丁[③]。下工夫将额颅十分挣[④]，迟和疾擦倒苍蝇，光油油耀花人眼睛，酸溜溜螫得人牙疼[⑤]。

注释

①五脏神：道教谓五脏各有神主，即心神、肺神、肝神、肾神、脾神，合称“五藏神”。小说戏曲中多作诙谐语用。鞭镫：原意马鞭和马镫。后引申为麾下、左右。

②文魔：好文成魔之意。指书痴，书呆子。

③风欠：方言，有风流、疯狂之意。酸丁：旧时对贫寒而迂腐的读书人嘲讽性的称呼。

④额颅：即额头。挣：方言，原为美的意思，此处用作动词，意为擦拭。

⑤这三句是红娘嘲笑张生悉心打扮，头发油光顺滑，都要把苍蝇滑倒，把人的眼睛耀花，那一股酸腐气，酸得人牙疼。

按：这两支曲子选自第二本第二折。张生修书请白马将军来到普救寺，遂解普救寺之围。崔老夫人设宴，让红娘来请张生。张生欣喜若狂，悉心打扮。这两支曲子是红娘调侃嘲笑张生这个酸秀才的。[上小楼]是取笑张生迫不及待的心情和样子；[满庭芳]则进一步戏谑张生的"酸丁"像。一方面刻画出张生的"急"和"酸"，另一方面也塑造出了一个伶俐俏皮的小丫头红娘的形象。

[小桃红]人间看波，玉容深锁绣帏中，怕有人搬弄。想嫦娥，西没东生谁与共？怨天公，裴航不作游仙梦[①]。这云似我罗帏数重，只恐怕嫦娥心动，因此上围住广寒宫[②]。

(红做咳嗽科)(末云)来了。(做理琴科)(旦云)这甚么响？(红发科)(旦唱)

[天净沙]莫不是步摇得宝髻玲珑[3]？莫不是裙拖得环珮玎玲？莫不是铁马儿檐前骤风[4]？莫不是金钩双控，吉丁当敲响帘栊？

[调笑令]莫不是梵王宫，夜撞钟？莫不是疏竹潇潇曲槛中？莫不是牙尺剪刀声相送？莫不是漏声长滴响壶铜？潜身再听在墙角东，原来是近西厢理结丝桐。

[秃厮儿]其声壮，似铁骑刀枪冗冗[5]；其声幽，似落花流水溶溶；其声高，似风清月朗鹤唳空；其声低，似听儿女语，小窗中，喁喁[6]。

注释

①裴航不作游仙梦：用裴航遇仙典故。出自唐传奇《传奇·裴航》：秀才裴航路过蓝桥驿，遇见一织麻老妪，航渴而求饮，妪呼女子云英捧一瓯水浆饮之。航见云英姿容绝世，便想娶她为妻，妪告："昨有神仙与药一刀圭，须玉杵臼捣之。欲娶云英，须以玉杵臼为聘，为捣药百日乃可。"后裴航终于找到月宫中玉兔用的玉杵臼，娶了云英。婚后夫妻双双入玉峰，成仙而去。

②广寒宫：即月宫。

③步摇：古代妇女的一种首饰。因其行步则动摇，故名。

④铁马：挂在宫殿、庙宇等屋檐下的铜片或铁片，风吹过时能互相撞击发出声音。

⑤似铁骑刀枪冗冗：白居易《琵琶行》有“铁骑突出刀枪鸣”句。

⑥喁喁 yóng：形容说话的声音，多指小声说话。

按：这四支曲子选自《西厢记》第二本第四折，为莺莺在后花园中烧香时所唱，第一首是还未听到琴声，抒发自己因母亲赖婚而产生的幽怨寂寞之感。后三首则是听到琴声之后的心理活动。[天净沙] 全是莺莺初听到琴声之时的猜测，[调笑令] 前面仍然在猜测是什么声音，直到最后才辨出：原来是来自西厢的琴声。[秃厮儿] 一首，则用比喻的手法极力摹写琴的美妙动听。

（旦云）今日送张生上朝取应，早是离人伤感，况值那暮秋天气，好烦恼人也呵！悲欢聚散一杯酒，南北东西万里程。

[正宫][端正好] 碧云天，黄花地[①]，西风紧，北雁南飞。晓来谁染霜林醉？总是离人泪。

[滚绣球] 恨相见得迟，怨归去得疾。柳丝长玉骢难系，恨不倩疏林挂住斜晖。马儿迍迍的行[②]，车儿快快的随，却告了相思回避[③]，破题儿又早别离[④]。

听得道一声去也，松了金钏；遥望见十里长亭，减了玉肌：此恨谁知？

（红云）姐姐今日怎么不打扮？（旦云）你那知我的心里呵？

[叨叨令]见安排着车儿、马儿，不由人熬熬煎煎的气；有甚么心情花儿、靥儿，打扮得娇娇滴滴的媚；准备着被儿、枕儿，则索昏昏沉沉的睡；从今后衫儿、袖儿，都揾做重重叠叠的泪[5]。兀的不闷杀人也么哥！兀的不闷杀人也么哥！久已后书、信儿，索与我凄凄惶惶的寄。

（做到科）（见夫人科）（夫人云）张生和长老坐，小姐这壁坐，红娘将酒来。张生，你向前来，是自家亲眷，不要回避。俺今日将莺莺与你，到京师休辱没了俺孩儿，挣揣一个状元回来者。（末云）小生托夫人余荫，凭着胸中之才，视官如拾芥耳。（洁云）夫人主见不差，张生不是落后的人。（把酒了，坐）（旦长吁科）

[脱布衫]下西风黄叶纷飞，染寒烟衰草萋迷。酒席上斜签着坐的[6]，蹙愁眉死临侵地[7]。

[小梁州]我见他阁泪汪汪不敢垂，恐怕人知；猛然见了把头低，长吁气，推整素罗衣。

[幺篇]虽然久后成佳配，奈时间怎不悲啼。意似痴，心如醉，昨宵今日，清减了小腰围。

（夫人云）小姐把盏者！（红递酒，旦把盏长吁科，云）请吃酒！

[上小楼]合欢未已，离愁相继。想着俺前暮私情，昨夜成亲，今日别离。我谂知这几日相思滋味[8]，却原来比别离情更增十倍。

[幺篇]年少呵轻远别，情薄呵易弃掷。全不想腿儿相挨，脸儿相偎，手儿相携。你与俺崔相国做女婿，妻荣夫贵，但得一个并头莲[9]，煞强如状元及第。

(夫人云)红娘把盏者！(红把酒科)(旦唱)

[满庭芳]供食太急，须臾对面，顷刻别离。若不是酒席间子母每当回避，有心待与他举案齐眉。虽然是厮守得一时半刻，也合着俺夫妻每共桌而食。眼底空留意，寻思起就里，险化做望夫石。

(红云)姐姐不曾吃早饭，饮一口儿汤水。(旦云)红娘，甚么汤水咽得下！

[快活三]将来的酒共食，尝着似土和泥。假若便是土和泥，也有些土气息，泥滋味。

[朝天子]暖溶溶玉醅[10]，白泠泠似水[11]，多半是相思泪。眼面前茶饭怕不待要吃，恨塞满愁肠胃。蜗角虚名，蝇头微利，拆鸳鸯在两下里。一个这壁，一个那壁，一递一声长吁气。

(夫人云)辆起车儿，俺先回去，小姐随后和红娘来。(下)(末辞洁科)(洁云)此一行引无话儿。贫僧准备买登科录看，做亲的茶饭少不得贫僧的。先生在意，鞍马上保

重者！从今经忏无心礼，专听春雷第一声。（下）（旦唱）

[四边静] 霎时间杯盘狼籍，车儿投东，马儿向西，两意徘徊，落日山横翠。知他今宵宿在那里？有梦也难寻觅。

（云）张生，此一行得官不得宫，疾便回来。

（末云）小生这一去白夺一个状元，正是"青霄有路终须到，金榜无名誓不归"。（旦云）君行别无所赠，口占一绝，为君送行："弃掷今何在，当时且自亲。还将旧来意，怜取眼前人。"（末云）小姐之意差矣，张珙更敢怜谁？谨赓一绝，以剖寸心："人生长远别，孰与最关亲？不遇知音者，谁怜长叹人？"（旦唱）

[耍孩儿] 淋漓襟袖啼红泪，比司马青衫更湿[12]。伯劳东去燕西飞[13]，未登程先问归期。虽然眼底人千里，且尽生前酒一杯。未饮心先醉，眼中流血，心水成灰。

[五煞] 到京师服水土，趁程途节饮食，顺时自保揣身体。荒村雨露宜眠早，野店风霜要起迟！鞍马秋风里，最难调护，最要扶持。

[四煞] 这忧愁诉与谁？相思只自知，老天不管人憔悴。泪添九曲黄河溢[14]，恨压三峰华岳低[15]。到晚来闷把西楼倚，见了些夕阳古道，衰柳长堤。

[三煞] 笑吟吟一处来，哭啼啼独自归。归家若到罗帏里，昨宵个绣衾香暖留春住，今夜个翠被生

寒有梦知。留恋你别无意，见据鞍上马，阁不住泪眼愁眉。

（末云）有甚言语嘱咐小生咱？（旦唱）

[二煞]你休忧“文齐福不齐”⑯，我则怕你“停妻再娶妻”⑰。休要“一春鱼雁无消息”⑱！我这里青鸾有信频须寄，你却休“金榜无名誓不归”。此一节君须记，若见了那异乡花草⑲，再休似此处栖迟。

（末云）再谁似小姐？小生又生此念。（旦唱）

[一煞]青山隔送行,疏林不做美,淡烟暮霭相遮蔽。夕阳古道无人语，禾黍秋风听马嘶。我为甚么懒上车儿内，来时甚急，去后何迟？

（红云）夫人去好一会，姐姐，咱家去！（旦唱）

[收尾]四围山色中，一鞭残照里。遍人间烦恼填胸臆，量这些大小车儿如何载得起？

注释

①碧云天，黄花地：化自范仲淹[苏幕遮]：“碧云天，黄叶地。”

②迍迍 zhūn：行动迟缓。

③却：又作“恰”，刚刚。

④破题儿：唐宋时谓诗词起首为“破题”。这里引申为事情的开端。

⑤揾：拭，擦。

⑥签：方言，插。斜签：即斜着坐着，指张生。

⑦临侵：用于词尾，表示程度。这里指愁苦之甚。

⑧谂 shěn 知：知悉，知道。

⑨并头莲：即并蒂莲，喻恩爱夫妻。

⑩玉醅：美酒。

⑪泠泠 líng：清白的样子。

⑫比司马青衫更湿：白居易《琵琶行》有“座中泣下谁最多，江州司马青衫湿”句。

⑬伯劳：鸟名，鸣禽类，胸腹部茶色，尾、翼呈黑色，形近于燕子。

⑭九曲：指黄河。因其河道曲折，故称。

⑮三峰：指华山之莲花、毛女、松桧三山峰。

⑯文齐福不齐：古代考试时，文章足以登第而命运不济，未能上榜。

⑰停妻再娶妻：有妻并未离异，又与他人正式结婚。

⑱一春鱼雁无消息：指毫无音信。

⑲异乡花草：这里指别处的女子。

按：这是《西厢记》第四本第三折，通常被称作“长亭送别”，是最精彩、最脍炙人口的一段。写崔老妇人逼张生进京应试，莺莺、红娘、老夫人等到十里长亭为张生饯行，这一折为莺莺主唱，集中刻画了莺

莺的形象。其写送别、离情、闺情都极其精彩，尤其又将情融于景中，景中蕴情。同时语言中既有优美诗句的运用，又有本色俗语的加入，故而通折读来，既秀丽典雅，又质朴自然，由此可见王实甫深厚的语言功力。明代戏剧家朱权称："王实甫之词如花间美人，铺叙委婉，深得骚人之趣。极有佳句，若玉环之出浴华清，绿珠之采莲洛蒲。"(《太和正音谱》)可知朱权非妄称。

乔吉

两世姻缘

《两世姻缘》全名《玉箫女两世姻缘》，简名《两世姻缘》或《玉箫女》。书生韦皋与上厅行首韩玉箫相爱，有白首之誓。但韩母催逼韦皋赴京应试，韦皋一去数年，因种种事由未能传递书信，玉箫因此思念成疾，一病而亡。韦皋中举后，官任镇西大元帅，派人接取玉箫母女，始知玉箫已逝。后韦皋拜访荆襄节度使张权，与张权义女张玉箫相见，不料此女竟是韩玉箫转世，两人一见如故。后以玉箫留下的画像为证，获得唐中宗御赐婚配，成就两世姻缘。

[商调][集贤宾]隔纱窗日高花弄影，听何处啭流莺？虚飘飘半衾幽梦，困腾腾一枕春酲。趁着那游丝儿恰飞过竹坞桃溪，随着这蝴蝶儿又来到月榭风亭。觉来时倚着这翠云十二屏，恍惚似坠露飞萤。多咱是寸肠千万结，只落的长叹两三声。

[逍遥乐]犹古自身心不定，倚遍危楼，望不见长安帝京。何处也薄情？多应恋金屋银屏[①]。想则想

于咱不志诚，空说下碜磕磕海誓山盟②，赤紧的关河又远，岁月如流，鱼雁无凭。

注释

①金屋：华丽的房屋。银屏：镶银的画屏。此处代指富贵人家。全句意为另娶富贵人家小姐。

②碜磕磕：令人可怕的。

按：这两支曲子选自《两世姻缘》的第二折，写韦皋离去后玉箫的相思之情。[集贤宾]系流传后世的名曲，它通过一次春梦，写闺中女子的相思、愁闷心情。前六句都是梦中所看到的朦胧景象，女子在梦中追蝶逐萤，自由自在，然而梦醒，却要面对情人一去不归的现实，不禁长叹数声。孟称舜赞曰："其词如清夜闻猿，使人痛绝。"[逍遥乐]是女子愁闷之中，不觉产生对心上人的猜测：是否有了新欢，所以从此杳无音讯。猜测之中又多相思。

郑光祖

王粲登楼

《王粲登楼》全名《醉思乡王粲登楼》，据王粲《登楼赋》虚构而成。书生王粲辞母赴京，投奔岳父蔡邕。蔡邕为涵养王粲，故意冷淡他，王粲负气离去。蔡邕暗中让曹植赠银，将他推荐给荆州刘表。王粲却不为刘表任用，只能流落荆州。一日应好友许达的邀请，到溪山风月楼游赏，王粲登楼感叹，遂赋诗述志。正在王粲悲伤至极之时，他所写的万言长策经曹植、蔡邕转送，被皇帝看中，封他为天下兵马大元帅，王粲终于如愿。曹植此时才将真情告诉王粲，王粲拜谢岳父，合家团圆。

[迎仙客]雕檐外红日低，画栋畔彩云飞[①]：十二阑干，阑干在天外倚。我这里望中原，思故里，不由我感叹酸嘶，越搅的我这一片乡心碎。

[红绣鞋]泪眼盼秋水长天远际，归心似落霞孤鹜齐飞[②]；则我这襄阳倦客苦思归。我这里凭阑望，母亲那里倚门悲，争奈我身贫归未得。

[普天乐]楚天秋，山叠翠，对无穷景色，总是伤悲。好教我动旅怀难成醉。枉了也壮志如虹英雄辈，都做助江天景物凄其：气呵做了江风淅淅，愁呵做了江声沥沥，泪呵弹做了江雨霏霏。

[石榴花]现如今寒蛩唧唧向人啼，哎！知何日是归期？想当初只守着旧柴扉，不图甚的，倒得便宜。则今山林钟鼎俱无味，命矣时兮。哎！可知道枉了我顶天立地居人世。老兄也恰便是睡梦里过了三十。

注释

①这两句化用王勃《滕王阁序》“画栋朝飞南浦云”句。

②这两句由王勃《滕王阁序》“落霞与孤鹜齐飞，秋水共长天一色”演变而来。

按：这四支曲子是《王粲登楼》第三折中王粲登上溪山风月楼之后所唱，原剧在王粲唱词中有许达的宾白，因宾白对理解曲词意义不大，故这里删去所有宾白，以更好地欣赏这独具特色的四支曲子。[迎仙客]是王粲在风月楼上触景生情时所唱：风月楼的高耸巍峨，映衬着游子的异地漂泊，以壮美景物衬内心悲苦。[红绣鞋]进一步写王粲内心的愁闷：思乡念母，却功名未就，有何颜面回乡，唯有苦悲伤。[普天

乐］则进一步抒发壮志难酬、怀才不遇的感慨，加以淅淅风雨的衬托，移情入景，景替人愁。［石榴花］写王粲想到自己年至三十却毫无功名成就可言，又无法退隐山林，进不能，退不能，愁苦至肝肠寸断。这四支曲子均情景交融，意象开阔，又激越真挚，与王粲《登楼赋》相比也毫不逊色。

倩女离魂

《倩女离魂》全名《迷青琐倩女离魂》，是郑光祖的代表作。剧本写张倩女与王文举系指腹为婚，王文举成人后，前往张家求娶倩女。但倩女的母亲嫌文举功名未就，不许二人成婚。文举无奈，只得独自上京应试。倩女忧思成疾，卧病在床，她的魂魄悠然离体，追赶文举，一同赴京，相伴多年。文举状元及第，衣锦还乡，携倩女回到张家。当众人疑虑之际，倩女魂魄与病躯重合为一，遂欢宴成婚。

（正旦别扮离魂上，云）妾身倩女，自与王生相别，思想的无奈，不如跟他同去，背着母亲，一径的赶来。王生也，你只管去了，争知我如何过遣也呵！（唱）

[越调][斗鹌鹑]人去阳台，云归楚峡。不争他江渚停舟，几时得门庭过马？悄悄冥冥，潇潇洒洒。我这里踏岸沙，步月华；我觑这万水千山，都只在一时半霎。

[紫花儿序]想倩女心间离恨，赶王生柳外兰舟，

似盼张骞天上浮槎[①]。汗溶溶琼珠莹脸，乱松松云髻堆鸦，走的我筋力疲乏。你莫不夜泊秦淮卖酒家[②]？向断桥西下，疏剌剌秋水菰浦，冷清清明月芦花。

（云）走了半日，来到江边，听的人语喧闹，我试觑咱。（唱）

[小桃红]我蓦听得马嘶人语闹喧哗，掩映在垂杨下，唬的我心头丕丕那惊怕，原来是响珰珰鸣榔板捕鱼虾[③]。我这里顺西风悄悄听沉罢，趁着这厌厌露华，对着这澄澄月下，惊的那呀呀呀寒雁起平沙。

[调笑令]向沙堤款踏，莎草带霜滑；掠湿湘裙翡翠纱，抵多少苍苔露冷凌波袜[④]。看江上晚来堪画，玩冰壶潋滟天上下[⑤]，似一片碧玉无瑕。

[秃厮儿]你觑远浦孤鹜落霞，枯藤老树昏鸦。听长笛一声何处发，歌欸乃，橹咿哑[⑥]。

（云）兀那船头上琴声响，敢是王生？我试听咱。（唱）

[圣药王]近蓼洼，缆钓槎，有折蒲衰柳老蒹葭；近水凹，傍短槎，见烟笼寒水月笼沙[⑦]，茅舍两三家。

注释

①张骞天上浮槎：借用汉代张骞曾乘木筏漂上天河的传说。

②你莫不夜泊秦淮卖酒家：指王文举会不会去寻欢

作乐之地。

③鸣榔板捕鱼虾：渔人捕鱼，常以长木敲叩船板发声，以使鱼受惊入网。榔板，为惊鱼入网而能踏出声响的木板。

④凌波袜：语出曹植《洛神赋》："凌波微步，罗袜生尘。"

⑤冰壶：即盛冰的玉壶，通体洁白，用以比喻洁白。潋滟：水波荡漾的样子。这句写洁白的月亮映在水中的优美图画。

⑥咿哑：象声词。多形容物体转动或摇动声。

⑦杜牧《泊秦淮》有"烟笼寒水月笼沙"句。

按：这六支曲子选自《倩女离魂》第二折。第二折写王文举走后，倩女的魂魄离开身体，追赶王文举而去。这里的六支曲子就是倩女灵魂出窍，追赶王文举时的唱词。[越调][斗鹌鹑]写倩女与王文举分别之后的悲戚，又点出为和心上人团聚，自己深夜追赶的情形。以下五首都是倩女在追赶路上所看到的景象，以及深夜行走时的胆怯不安。最精彩处当数第三首[小桃红]，倩女来到江边，忽听到有马嘶声、喧哗声，吓得她惊慌失措，郑光祖用细腻的手法，惟妙惟肖地刻画了一个战战兢兢地追赶心上人的少女形象。

图书在版编目（CIP）数据

元曲三百首注释 /（元）关汉卿等著；素芹注释.
—北京：北京联合出版公司，2015.7（2023.8重印）
ISBN 978-7-5502-3952-4

Ⅰ.①元… Ⅱ.①关… ②素… Ⅲ.①元曲－选集②元曲
－注释 Ⅳ.①I222.9

中国版本图书馆CIP数据核字（2015）第143131号

元曲三百首注释

作　　者：（元）关汉卿等
注　　释：素　芹
出 品 人：赵红仕
选题策划：梁明德　邵鹏军
责任编辑：王　巍
特约编辑：肖　瑶
封面设计：格林文化
版式设计：格林文化

北京联合出版公司出版
（北京市西城区德外大街83号楼9层　100088）
三河市延风印装有限公司　新华书店经销
字数90千字　960毫米×640毫米　1/16　印张20
2015年9月第1版　2023年8月第3次印刷
ISBN 978-7-5502-3952-4
定价：46.00元

版权所有，侵权必究
未经书面许可，不得以任何方式转载、复制、翻印本书部分或全部内容。
本书若有质量问题，请与本公司图书销售中心联系调换。电话：010-85376701